W0329644

SV

Otto de Kat
Mann in der Ferne

Roman

Aus dem Niederländischen
von Andreas Ecke

Suhrkamp

Die Originalausgabe erschien 1998 unter dem Titel
»Man in de verte« bei
Uitgeverij G. A. van Oorschot, Amsterdam.

© der deutschen Ausgabe
Suhrkamp Verlag Frankfurt am Main 2003
© 1998 Otto de Kat
Alle Rechte vorbehalten,
insbesondere das des öffentlichen Vortrags
sowie der Übertragung durch Rundfunk und Fernsehen,
auch einzelner Teile.
Kein Teil des Werkes darf in irgendeiner Form
(durch Fotografie, Mikrofilm oder andere Verfahren)
ohne schriftliche Genehmigung des Verlages
reproduziert oder unter Verwendung elektronischer Systeme
verarbeitet, vervielfältigt oder verbreitet werden.
Druck: Freiburger Graphische Betriebe, Freiburg
Printed in Germany
Erste Auflage 2003
ISBN 3-518-41473-9

1 2 3 4 5 6 – 08 07 06 05 04 03

Mann in der Ferne

Das Algonquin lag wie eine kleine Insel in New York. »Namen von Städten und kleinen Inseln sind weiblich«, kam ihm bei diesem Vergleich in den Sinn. Es war eine Regel der lateinischen Grammatik, die sich nach Jahren wieder meldete. Sein Vater und er hatten die Grammatik mehr als einmal durchgenommen. Stunden, in denen sie einander gegenübergesessen hatten, Wochen des Abhörens, und alles, was übrigblieb, waren ein paar Ausnahmen.

Er saß in der Halle des Hotels, als eine Frau die schweren Vorhänge vor der Schwingtür zur Seite drückte. Sie war ein wenig außer Atem. Über die Zeitung hinweg, die er sich desinteressiert genommen hatte, sah er, daß sie sich suchend umblickte. Ihm fiel auf, wie hübsch ihr Gesicht war. Der Mann an dem Tischchen neben ihm versuchte sie auf sich aufmerksam zu machen und rief leise einen Namen. Sie ging auf ihn zu, umarmte ihn und blieb so einen Augenblick stehen. Dann hörte er sie zögernd sagen: »Ich konnte es kaum aushalten. Du warst so verlegen, und die letzten Straßen bin ich gerannt.«

Nicht nur Städte und kleine Inseln waren weiblich.

Er hätte sie beide berühren können, so nah standen sie neben ihm. Die Ecken seiner Zeitung streiften ihren Mantel. Der Mann strich ihr über die Wange, nahm ihr die Tasche aus der Hand und winkte einem Kellner. Die Frau lehnte ihren halb zusammengefalteten Schirm gegen einen Stuhl. Draußen schneite es. Hinter seiner Zeitung verborgen, betrachtete er ihr Gesicht. Es war von einer unversehrten Schönheit, es leuchtete, naiv und rein. Der Kontrast zum Gesicht seines Vaters drängte sich ihm auf. Das war eine Ansammlung von Schönheitsfehlern gewesen, Folgen einer Hautkrankheit mit ständig wechselnden Symptomen. Er wußte nicht mehr, wie oft er ihn in Krankenhäusern besucht und wie viele Ärzte er an seinem Bett hatte stehen sehen. Eine komische Episode war der Magnetiseur gewesen, der einmal pro Woche die Treppe hinaufschlurfte. Sein Vater versteckte ihn mehr oder weniger, verschwand mit ihm in einem Zimmer, wo er wahrscheinlich schweigend die Rituale an sich vollziehen ließ, um den Magier nach einer Viertelstunde wieder heimlich zu verabschieden und erleichtert die Tür hinter ihm zu schließen.

»Ich hätte gern einen Tee, geht das?«

Es ging nicht. Gegen fünf Uhr nachmittags begann sich das Algonquin mit Leuten zu füllen, die Drinks in hohen Gläsern bestellten. Tee paßte nicht in diesen Zirkel. Er bat um Perrier und verstummte wieder. Seit dem Augenblick, in dem er die Halle zum ersten Mal betreten hatte, fühlte er sich hier zu Hause. Ein Hotel wie ein Buch, aufgeschlagen auf einer Seite, die nie umgeblättert worden ist. Überall waren dunkle Vertäfelungen angebracht, im Raum verteilt standen hochlehnige Stühle aus Walnußholz und Sofas, die vor dem Krieg modern gewesen waren. In kleinen Nischen hingen abgenutzte Telefone und Lampen mit verfärbten Schirmen. Am

Fenster verkaufte ein Mann Zeitungen, die in Ständern aus Teakholz steckten, Zeitschriften und Bücher hatte er in antiken Schränkchen ausgelegt. Man reservierte dort Plätze fürs Theater – Broadway, Off-Broadway, Off-off-Broadway, Laute, die er kannte, aber nicht verstand, Signale einer eleganten, vergangenen Welt.

»Wohin gehen wir heute abend?«

In ihrer Stimme lag eher etwas Herausforderndes als Neugier.

»Equus«, antwortete sein unbekannter Nachbar, ohne zu überlegen. Equus, lateinisch für Pferd, ein Wort, so vertraut, daß es wehtat. Er hatte das Plakat gesehen, es war das erfolgreichste Stück der Saison. Er hatte keine Ahnung, wovon es handelte, wollte es auch nicht wissen.

Ins Theater ging er ohnehin selten. Die starke Spannung, die er empfunden hatte, als er in seiner Schulzeit selbst einmal auf der Bühne stand, fand er in Theatern nicht mehr.

Haimon war er gewesen in der griechischen Tragödie Antigone, ausgesprochen gymnasial das Ganze. Haimon, Sohn eines übermächtigen Vaters, Geliebter einer sehr radikalen Frau. Tragisches häufte sich, Tod, Verfluchung, Liebe und Wahnsinn im Übermaß. Die Worte, die er sprechen mußte, waren kopflastig, aber er jonglierte mit ihnen, als wären es seine eigenen. Besonders auf eine Szene kam es ihm an, die Konfrontation mit seinem Vater Kreon. Sie standen einander direkt gegenüber, Kreon, ein Junge von achtzehn, als Mann von fünfzig zurechtgeschminkt. Er, Haimon, mußte Antigone retten. Er mußte und würde seinen Vater überzeugen, daß ihr aller Leben verloren war, wenn man Antigone tötete. Er drohte, er flehte, er klagte ihn an. Das Pathos war aus dem Text verschwunden, an keiner Stelle war seine Stimme unsicher, sie waren zeitlos, wie sie dort standen, aneinandergeschmiedet. Er sah, wie seinem Gegenspieler Tränen in die Augen traten, wie die Farbe unter seinen Wimpern verlief. Der Saal lag als dunkles Schweigen zu ihren Füßen, ein Vakuum der Aufmerksamkeit. Sein eigener Vater saß irgendwo zwischen den Menschen dort, unsichtbar, die Ohren verbunden, er hatte eine Operation hinter sich.

Aufführung im Palace, einen schöneren Euphemismus für so ein Provisorium aus den fünfziger Jahren hatte es sicher nirgends gegeben. Aber die Bühne war groß und hing voller Seile und Vorhänge und Eisengewichte. Das Leben sollte nie mehr eine solche Weite haben wie auf diesen schäbigen Brettern. Als er seinen Vater nach dem Ende des Stücks die Treppe hinter der Bühne heraufkommen sah, spürte er einen Kloß im Hals und mußte sich zusammennehmen, um nicht zu weinen. Von diesem Augenblick an bedeutete ihm alles weniger. Er war Haimon gewesen, hatte eine merkwürdige Freiheit besessen, als er ihn spielte, mit Worten, die nicht seine eigenen waren und dennoch seltsam vertraut. Er hatte seinen Anteil gehabt an einem Drama von Liebe und Verhängnis und Tod. Zum Lachen wahrscheinlich für Eltern, die sahen, wie ihre Kinder sich mit Begriffen aus einer unvorstellbaren Vergangenheit abquälten, deren Gewicht sie überforderte. Und doch sollte er später fast nichts mehr so intensiv erleben. Die

Geburt seiner Kinder, den Tod seines Vaters, zwischen den Ereignissen und ihm selbst schien plötzlich eine Entfernung zu liegen, die er nicht mehr überbrücken konnte. Später. Zwanzig Jahre lagen jetzt schon zwischen der Halle des Palace mit ihrer leicht abfallenden Tanzfläche, an deren Rand, halb auf der Bühne, eine Dixielandband spielte, und dem Algonquin-Hotel, wo Steve Ross, »the best barpianist in town«, am Klavier melancholisch vor sich hin sang. Wenn er zu wählen hätte, würde er sich für das Palace entscheiden, für Antigone, für seinen Vater. War das Sentimentalität, Sehnsucht nach verlorener Jugend? Nein. Nie und nirgends hatte er sein Leben so intensiv gelebt, war er so unerträglich glücklich gewesen.

An den Tagen vor der Aufführung hatte es zu frieren begonnen. Der Keller, in dem sie probten, war eiskalt. Beim Verladen der Dekorationen waren sie alle von weißlichem Dunst umgeben. Ihre Konzentration auf das Spiel war so streng wie der Frost. Die Schule existierte nicht mehr, Lehrer und Hausaufgaben hatten ihre Ansprüche verwirkt. Sie bezweifelten, daß noch jemals irgendwo auf der Welt so glänzend gespielt werden würde. Es war im übrigen auch kein Spiel, sie selbst waren es, die verbannt wurden, getötet und gekrönt.

Er ging mit seinem Vater durch die Kulissen zur Garderobe, die Erregung der gerade beendeten Vorstellung tobte noch in seinem Inneren. In den Spiegeln sah er den Verband, den sein Vater trug.

»Sollen wir morgen eine Tour machen? Im Alblasserwaard ist alles zugefroren.«

Er zeigte auf den Spiegel: »Geht das denn mit deinen Ohren?«

»Kommt morgen um acht Uhr ab.«

Bei Kinderdijk hatten sie das Auto abgestellt. Es herrschte klirrender Frost. Die Sonne drang langsam durch den Nebel, und hoch oben sah man schon ein wenig Blau. Sie waren zu dritt, sein Bruder, sein Vater und er. Alle drei gute Eisläufer, sein Vater der Routinier mit den ausgreifendsten Schritten. »Gleite, solange du kannst, laß die Schlittschuhe arbeiten.« Sein Bruder und er hatten den Stil übernommen. Ihre Regeln waren: keine Schnellaufschlittschuhe, nur die klassischen mit Holzkufen. Wenn es sehr kalt war, ein paar Zeitungen unter den Pullover, aber nie eine Jacke. Handschuhe nur, wenn es unbedingt notwendig war.

Sie kletterten den Deich zum Kanal hinunter, zogen die Riemen fest und verließen das Ufer. Festgefrorenes Schilf an den Rändern zwang sie in die Mitte des fast schwarzen Eises. Sie bildeten eine Reihe, sein Bruder vorne, dann sein Vater, dann er. Alle Viertelstunde würde der zweite die Führung übernehmen und der erste sich hinten anschließen. Es mußte kein Wort gesprochen werden, der Rhythmus ergab sich von selbst. Eigentlich überraschte ihn ihre Geschwindigkeit. Ein Schritt folgte mühelos dem anderen, sie sausten über das Eis. Immer wieder Dörfer, an denen sie vorbeiglitten, Streefkerk, Groot-Ammers, Ottoland, Brandwijk, ab und zu mußten sie bremsen, wenn das Eis gefegt wurde oder ein kleines Stück Land zu überqueren war.

Die Sonne hatte jetzt mehr Kraft, der letzte Nebel

war verschwunden, die Temperatur lag knapp unter dem Gefrierpunkt. Manchmal setzten Eisläufer, die ihnen entgegenkamen, ein paar Schritte aus, um ihnen zuzusehen. Diszipliniert und wild, erfüllt von einem eigenartigen Stolz liefen sie dahin, unabhängig von allen, unabhängig von Einschränkungen und Gesetzen. Vor sich sah er den gebeugten Rücken seines Vaters mit den entspannt ineinandergelegten Händen. Er wollte nur eines: mit ihm Schritt halten. Der Horizont war zwischen ihnen. Noch in der Ferne konnte man über dem flachen Land Türme sehen, Höfe, Mühlen, der Alblasserwaard lag bis in seine letzten Winkel offen und ungeschützt da. Sein Bewußtsein zog sich auf einen Punkt zusammen und gewann an Tiefe. In dem glasklaren Licht konzentrierte er sich auf seinen Vater. Dies war er wirklich, so würde er sich immer an ihn erinnern. Nicht an den Mann in den Krankenhäusern, den Mann mit der Zusatzversicherung, den Salben, den immer wieder neuen Diäten. Dies war sein Vater, der Eisläufer vor ihm mit seinen beinahe eleganten Schritten, seinen subtilen Bewegungen. Wenn er wollte, konnte er seine Hände greifen, ihre Geschwindigkeit war so gleichmäßig, daß der Rhythmus sich nicht verändern würde. Aber die Nähe war schon deutlich genug zu spüren.

Genauso stark wie am vergangenen Abend, als ihn auf der Bühne Gefühle und Sehnsüchte überwältigten, fühlte er sich von dieser Tour gefordert, sie nahm ihn vollkommen in Anspruch. Hatte sein Vater begriffen, was ihm Antigone und Haimon und Kreon bedeutet hatten, und hatte er ihn deshalb an einen Ort mitgenommen, wo es nichts als Weite gab?

Stunde um Stunde liefen sie, ruhten hier und da einmal aus, bis zum späten Nachmittag waren sie unterwegs. Die Sonne war untergegangen, und unbemerkt hatten sich an diesem windstillen Tag anthrazitgraue Wolken über ihnen zusammengezogen, die nach Schnee aussahen. Als sie wieder in Kinderdijk waren, schnallten sie die Schlittschuhe ab und gingen mit gewöhnungsbedürftig leichtem Schritt am Deich entlang. Dann plötzlich fiel der Schnee. Es war fast dunkel, die Flocken fielen senkrecht. Sie sprachen nicht, stampften leicht mit den Füßen, und nirgendwo in dem ganzen gottverlassenen Alblasserwaard gab es drei, die so von Entzücken erfüllt waren wie sie.

Equus, überall hingen die Plakate, Fifth Avenue und Broadway, in Buchhandlungen und modischen Restaurants. In den schneebedeckten Straßen von Greenwich Village und im Büro des New Yorker, wo er mit einem Redakteur gesprochen hatte, der schon ein Jahr an einem Artikel über die flämische Literatur arbeitete. Der New Yorker war das snobistischste Blatt von Amerika, das niemand las, aber jeder zitierte. Beim Versuch, zu diesem Walhall der amerikanischen Journalistik vorzudringen, war er in einem Gebäude gelandet, das wie ein altes Lagerhaus aussah. Gläserne Verschläge mit engen Durchgängen dazwischen erweckten den Eindruck, daß man sich hier Schrauben, Nägel und anderes Material besorgen könne. Äußerlich ähnelte der Mann, mit dem er gesprochen hatte, auch wirklich einem Lagerverwalter, nur der Kittel fehlte. Sie hatten sich schon bald in ein eigenartiges Gespräch verwickelt. Er war erstaunt darüber, daß jemand Lust hatte, sich ein volles Jahr mit der flämischen Literatur zu beschäftigen. Der Lagerverwalter hatte protestiert.

»Die flämische Literatur ist in vieler Hinsicht wesentlich interessanter als die niederländische. Ich spüre deutlich den Unterschied zwischen der blutleeren Prosa der Holländer und dem Überschwang der Flamen. Mir ist zwar aufgefallen, daß die Flamen weniger gut schreiben, aber sie schreiben mit Leidenschaft. Fast niemand in den Niederlanden wagt sich an etwas Ernsthaftes. Mir scheint, man fürchtet dort Ernst und Gefühl wie der Teufel das Weihwasser. Die Holländer haben, glaube ich, soviel Angst vor ihrem eigenen Ernst, daß sie sich in Ironie flüchten, in Konstruktionen, Experimente. Sie haben Angst vor ihrer eigenen Sprache und kennen die Bedeutung ihrer Wörter nicht mehr. Flamen vergessen manchmal zu schreiben, aber ihr Werk strömt Begeisterung aus, es hat eine Seele, es lebt.«

Viel entgegenhalten konnte er dem nicht. Er wußte, der Mann hatte recht. Er hatte ihn falsch eingeschätzt. Er war ganz und gar kein Snob und gewiß kein Lagerverwalter – er war ein wirklicher Literaturliebhaber, ein Flame sozusagen.

Als er wieder im Hotel war, fiel ihm der Unterschied zwischen dem Haus des New Yorker und dem Algonquin auf: das eine kahl und asketisch, das andere plüschig und warm. Sonderbar hartnäckig ging er immer wieder in die Hotelhallen, um festzustellen, daß es eigentlich kahle Büros waren, die er suchte.

Suchte er irgend etwas? Eigentlich nicht. Er hörte dem Gespräch am Nachbartisch zu. Manchmal zoomte er die Frau mit seinen Blicken heran. Sie war vielleicht zehn Jahre jünger als er selbst, nervös, modebewußt, direkt. Er hörte ihr Lachen, ihre schnellen Antworten, er sah ihre Bewegungen. Das Hotel war die ideale Kulisse für das träge, gestaltlose Verlangen, das sie in ihm weckte. Gestaltlos, körperlos, Erotik war Suggestion, nur eine Hülle für das Verlangen. Er war eine Zeitungsbreite von ihr entfernt, die Breite eines Regenschirms, eines Mantels. Aber die Worte, die sie wechselten, die Witze und Scherze der beiden lösten in ihm dieses unbestimmte Verlangen aus. Die Ruhe, die er brauchte, fand er nirgendwo.

Er wußte nicht, ob es an ihrer unberechenbaren Art zu reagieren lag oder an ihrer Jugendlichkeit, jedenfalls fiel ihm das Mädchen ein, das ihn früher einmal jede Minute des Tages beherrscht hatte. Es war während eines Winters gewesen, vor zwanzig Jahren. Als er sich das erste Mal mit ihr traf, hatte er fast nur zugehört. Ein Gespräch konnte man das kaum nennen, sie war es, die sprach. Er war nicht gerade schüchtern und konnte gut mit Mädchen umgehen. Aber ihr war das Tempo immer zu langsam. Ihr Witz war allen weit voraus, und es ging so eine Anziehungskraft von ihr aus, daß er sich am liebsten sofort davongemacht hätte. Bei diesem ersten Gespräch saß er ihr gegenüber, ein niedriger Tisch stand zwischen ihnen, sie saß auf einer Couch, er auf einem Eßzimmerstuhl. Aus unerfindlichen Gründen hatte sie ihn erwählt, um ihr Dasein zu bestätigen. Vielleicht nahm sie an, daß er nicht ganz blöd war, und hatte gehört, daß er meistens das Mädchen bekam, das ihm gefiel. Sie war in der Klasse über ihm, obwohl sie nicht viel älter war. Sie redete mit einer Mühelosigkeit und Geschwindigkeit, die ihn überwältigten – sarkastisch, lebhaft, böse und kokett. Sie hatte ein Repertoire sonderbarer Märchen und durchflocht ihre Geschichten mit vielen geistreichen Witzen. Sie imitierte Lehrer, schimpfte auf ihre Mutter und hatte die Mimik eines Clowns. Und nicht einen Augenblick vergaß sie, daß sie dem Jungen ihr gegenüber imponierte.

Ihr Anblick war immer wieder anders, voller Widersprüche und im höchsten Grade herausfordernd. Sie konnte ihren Charme schlecht kontrollieren, und es schien, als wollte sie in kürzester Zeit ihr Inneres nach außen kehren. Aber das erschöpfte sie nicht einen Augenblick.

Die Erregung, die ihn erfaßte, während er sie ansah und ihr zuhörte, war nicht die normale angenehme Empfindung. Es war die gleiche Art von Erregung wie jene, als er entdeckt hatte, daß es Dichter gab. Daß sie eine Welt beschrieben, die unendlich weiträumiger als seine eigene war; und instinktiv wünschte er, zu dieser Welt zu gehören.

Sie war sechzehn Jahre alt und auf dem Gipfel ihrer geistigen Beweglichkeit. Von Anfang an gab sie ihm zu verstehen, daß sie ihn in ihrer Nähe haben wollte. Aber nicht näher als auf Armeslänge. Sie stellte sich vor, daß Liebe nur ohne Hände und Füße unversehrt blieb. »Sobald du mich berührst, bin ich schutzlos.« Das wiederholte sie viele Male.

In jenem Winter streifte er um sie herum, schrieb ihr

Briefe und wartete. Sie war so übermütig und liebenswürdig, wie sie später nie mehr sein sollte. In ihrer grenzenlosen Energie zog sie ihn mit, und zusammen gingen sie alles an. Kirchen, Kneipen, Kinos, Stripteaselokale, Tanzbars, er begleitete sie, wohin sie wollte. Sie gingen zusammen essen, besuchten Partys, wohnten im Wochenendhaus ihrer Eltern. Er trug ihren Schal und hatte so ihren Geruch um sich. Sie näherte sich ihm, hielt ihn auf Abstand, ließ ihn gehen. Raffinesse, Unschuld, sie kombinierte alles, wovon sie reichlich besaß: unglaubliches Talent, ihr Leben im Mittelpunkt seines Interesses zu halten.

Eines Nachmittags lehnte er an einer Wand ihres Zimmers. Sie wohnte in einem großen Haus, ihre Eltern waren reich, aber sie war nicht verwöhnt. Er war gekommen, um sie abzuholen. Zwischen den geöffneten Fenstern hing ein hoher Spiegel, in dem sie oft ihr Gesicht betrachtete und vor dem sie sich in seiner Gegenwart schminkte. Es fiel ihm dann nicht leicht, sich unbefangen zu geben, und wenn sie ihre Wimpern schwärzte, war es für ihn kaum auszuhalten. Aber sie hatte ihm gesagt, er solle sich nicht anstellen. So war er nicht darauf gefaßt, daß sie plötzlich mit einer schnellen Bewegung ihren Rock heben würde. Das Übermütige daran entging ihm. Sie trug eine schwarze, seidene Unterhose und tat nichts, als diese hochzuziehen. Sie lachte lauthals und hob noch einmal ihren Rock, eine letzte Korrektur. Es war eine Sache von Sekunden, aber ihm war, als hätte er einen Schlag in den Magen bekommen. Er trat ein paar Schritte nach vorn, etwas in seiner Brust schmerzte schrecklich, er drehte sie um, sie blickte ihn neugierig an. Noch bevor sie etwas sagen konnte, war er weg.

Auf jedem Tisch stand ein kupfernes Glöckchen, mit dem man den Kellner rufen konnte. Das leise Geklingel ringsum störte ihn nicht. Ein makellos gekleideter Liftboy öffnete alle paar Minuten seinen Aufzug und schloß mit einem trockenen Schlag das eiserne Gitter hinter den Gästen. Der Empfangschef an der Rezeption nahm, ohne hinzusehen, einen Schlüssel aus einem der zahllosen Fächer. Kellner waren ohne Hast mit Tabletts unterwegs. Ein Hotelmanager an einem hohen Pult notierte Reservierungen. Die Maschine arbeitet, dachte er. Er registrierte, wie alles einfach seinen Gang ging. Die Halle voller redender Leute, ihre sich mechanisch bewegenden Münder, ihr Blinzeln. Er hoffte, die junge Frau nebenan würde nichts mehr sagen, würde in der Menge aufgehen, wie er selbst darin aufgehen wollte. Die Wärme, das gedämpfte Licht, die dezenten Geräusche versetzten ihn in einen Zustand der Willenlosigkeit. Ihn beschlich das Gefühl, für alles, woran er glaubte, völlig untauglich zu sein. Warum besuchte er das Algonquin? Das Algonquin war der Stillstand, der Traum, die Vergangenheit oder allenfalls ein unscharfes Dasein. Warum war er hier, warum gab er den Traum nicht auf? Sein Vater würde deswegen nicht zurückkommen, mochte er die Vergangenheit rekonstruieren, wie immer er wollte. New York, da draußen, verwirrte ihn – es war eine Explosion von Tat. Er erkannte den wilden Idealismus, den Idealismus, den er in längst vergangenen Sommern und Wintern großgezogen und der ihn nie wirklich verlassen hatte. Aber New York war eine Stadt ohne Anfang und Ende, die Verbindungen waren dort verlorengegangen. Die Visionen von früher tauchten auf: Er würde für Gerechtigkeit kämpfen, gegen den Hunger, würde ein Leben der Tat führen. Es war dies nichts als Leugnung der Wirklichkeit, ein ekstatisches Verlangen nach Unsterblichkeit, nach seinem Vater. Mit so großen Worten hatte er Roy am Abend zuvor die Verwirrung erklärt, die ihn in dieser Stadt überkam. Roy Dawson, seinem amerikanischen Freund, der überall gelebt hatte und in seine Heimat zurückgekehrt war. Roy hatte ihm daraufhin erzählt, daß er nun ein Leben ohne jeden Ehrgeiz führte. Seine Ausbildung, seine Erfahrungen, seine Karriere – von allem hatte er sich verabschiedet. Er arbeitete jetzt in einem kleinen Ort am Atlantik, nicht weit von New York. Er war bei einem Schiffahrtsmuseum angestellt und verantwortlich für eines der alten Segelschiffe. Er putzte das Kupfer der Reling, schrubbte die Decks, reparierte die Segel. Er genoß das Leben draußen, die Wellen, den Wind, das Manövrieren. Alle hochgezüchteten Ideale waren ihm abhandengekommen – er segelte, und das war es auch, was er immer gewollt hatte.

Aus dem Speisesaal war die Stimme von Steve Ross zu hören, Songs von Noël Coward, dem sanften Zyniker. Er sah, wie neue Gäste ins Hotel traten, sie stampften den Schnee von ihren Füßen.

In diesem Moment wurde ihm klar, daß die Zeit zu drängen begann.

Bergab gehen hat etwas Vornehmes, fand er. Langsam hinabsteigen, über abfallende Wege, aufs Zentrum zu, wenn man am Rand eines Waldes wohnt, oberhalb der Stadt.

Jeden Abend, wenn die Dämmerung kam, ging er hinunter und hatte dann dieses angenehme Gefühl. Eine unsichtbare Hand schob ihn sanft an, über Pfade, Straßen hinab.

Zürich. Immer wieder um sechs Uhr verließ er seine Wohnung, dem Schall von Kirchenglocken folgend. Weit unter ihm war der schwache Klang der Glockenspiele zu hören. Sie läuteten im Wettstreit gegeneinander, auf verschiedenen Tonhöhen, mit Pausen dazwischen. Er horchte, hörte eine eigenartige Wehmut heraus.

Er war auf dem Weg zur Altstadt, dem jahrhundertealten Kern Zürichs. Seine Wohnung lag einige hundert Meter darüber, höher wohnte niemand. Die ganze Umgebung konnte er überblicken, sah die Berge auf der anderen Seite, den See, die Krähen, die über den Dächern schwebten. Im Augenblick nach dem Verstummen der Glockenspiele klaffte ein Loch im Rhythmus der Straße. Unterwegs stieß er nirgends auf störende Geräusche. Menschen begegnete er nicht auf den ersten hundert Metern. Manchmal schwankte eine Straßenbahn bergauf Richtung Zoo, man sah nicht einmal

Leute, die Hunde ausführten. Wenn es überhaupt ein Geräusch gab, dann höchstens das Hämmern seines Herzens.

Mit geschlossenen Augen hatte er eine Nadel in die Europakarte gesteckt. Er wollte weg. Kleider, Bücher, ein Fernglas, ein Radio und viel Briefpapier, einen Tag später war er in der Schweiz. Von allen Orten der Welt ausgerechnet Zürich. Er fühlte sich hier unverschämt wohl.

Er hatte Zimmer in einer Dependance des Hotels Zürichberg, eines Riesenkastens mit Terrassen, bevölkert von Horden alter Menschen aus benachbarten Heimen. Ein alkoholfreies Hotel, gegründet von Frauen, die den Schweizer Mann vor der Trunksucht bewahren wollten. Darum war es nun mit Karten legenden, Torte essenden Alten gefüllt. Ein Beinhaus, ein Paradies für Fellini. Er holte sich dort jeden Tag sein Frühstück, und so früh er auch kommen mochte, immer wurde an den meisten Tischen schon Karten gespielt. Er genoß die Grimassen, das Gemurmel, die Fröhlichkeit der Todeskandidaten.

Einmal hatte Thomas Mann in diesem Hotel gewohnt, seinem ersten Stützpunkt, nachdem er Deutschland wie ein Dieb in der Nacht hatte verlassen müssen. Thomas Mann, der Schriftsteller, der von seinen Kindern der Zauberer genannt wurde. Zauberer, Illusionist, Blender, tricksend mit Ärmeln und Futter, ein Schriftsteller also.

Der denkbar krasseste Gegensatz zu seinem eigenen Vater.

Er spazierte ruhig in den Abend hinein, der aus den

Häusern aufstieg. Wer gut aufpaßt, sieht, daß sich der Abend nicht herabsenkt, sondern aus Fenstern und Türen kriecht. Wo Lichter angehen, schlüpft auch das Dunkel heraus. So viele Male hatte er das gespürt.

»Noch ein bißchen dämmern«, sagte sein Vater oft, wenn jemand eine Lampe anmachen wollte. Die Silhouette seines Vaters in einem Sessel. Ein Bein über das andere geschlagen, Rauch einer Zigarette um ihn herum, die Hand mit den auf rätselhafte Art beschädigten Fingernägeln auf dem runden Mahagonitisch. Ein Stilleben, die Hand neben zwei silbernen Ringen – Fußschmuck indischer Prinzessinnen, hieß es – und daneben die in Leder gebundene Geschichte Amsterdams aus dem siebzehnten Jahrhundert. Sein Vater, der Antizauberer, war der Magnet, der Spiegel, der Klang in seinem Körper.

Noch ein bißchen dämmern – er wunderte sich, daß die Straßenbeleuchtung nicht eingeschaltet war. Schweizerische Sparsamkeit wahrscheinlich. Ende Februar war es, Vorzimmer des Frühlings. Eine Amsel saß hoch oben auf dem Haus, an dem er vorbeikam. Der Vogel hob sich schwarz vom letzten Rest des Lichts ab. Er sang, nervös, aus Leibeskräften. Immer der gleiche Gesang, jahrein, jahraus der gleiche, und immer, wenn es auf Ende Februar zuging – sein Gedächtnis für solche Einzelheiten war unerfreulich gut entwickelt. Die Klänge führten ihn kreuz und quer durch sein Leben.

»Fang«, rief er E. zu und warf blitzschnell ein halbvolles Marmeladenglas in dessen Richtung. E. pflückte es aus der Luft und warf es sofort zurück, mit einem hohen, gackernden Lachen. Die Fenster des Zimmers standen weit offen. E. und er streckten die Köpfe hinaus, um nach jemandem Ausschau zu halten, den man ein Marmeladenglas fangen lassen könnte. Gegen sechs zogen Studenten vorbei, unterwegs zu Mensen und Clubs. Keiner ihrer Freunde war zu sehen.

E. setzte sich in den farblosen Ledersessel, den er bei einem Trödler gekauft hatte. Und den sie mit großer Mühe in ihr gemeinsames Zimmer hinaufgewuchtet hatten. Zwei Schreibtische nebeneinander, einige Stühle, Bilder, ein paar wacklige Lampen, die Schätze von Leuten, die regelmäßig umziehen müssen.

Alles war bestimmt von der undefinierbaren Atmosphäre eines warmen Junitages. Juni 1967. Der Krieg in Israel war gerade zu Ende. E. und er waren vorbehaltlos für die Israelis gewesen. Hatten gejubelt, als israelische Panzer den Suezkanal erreichten, hatten gehofft, daß Kairo angegriffen würde oder Damaskus. Aus der Entfernung mitzukämpfen machte Spaß. Moshe Dayan war ihr Held – einäugige Romantik, Wüstenfuchsallüre, Diplomatie mit offenem Hemd. E. würde Jurist werden, vielleicht sogar Diplomat, einer dieser künstlerisch veranlagten Beamten, die dafür sorgen, daß die Welt sich weiterdreht. E. war sein Freund, der vertrauteste, den er je haben sollte. Jungenhaft, schmächtig, mit scharfem Blick, schmalem Gesicht, mit Humor und Gefühl für Musik. Es war nicht so, daß sie einander ergänzt hätten, das nicht. Aber sie empfanden keinerlei Leere, wenn sie zusammen waren. Ihre Charaktere waren so, daß die Nähe sie nicht ermüdete.

E. zündete sich eine Zigarette an. Mit dem Behagen

eines Plantagenbesitzers holte er ein Feuerzeug aus einer besonderen Innentasche seiner Jacke und knipste die Flamme an. Sie waren nicht viel älter als zwanzig. Mädchen, Literatur, Politik, studieren, wenn es sein mußte: unendliche Tage, unendliche Jahre.

»Wo gehen wir heute abend hin?«

»Greta Garbo, Ninotschka, um Mitternacht in der Filmliga.«

»Ist das der Film, in dem sie endlich lacht?«

»Ja – über einen blöden Witz, der zweimal erzählt wird, der sie aber nicht zum Lachen bringt. Dann fällt der Mann, der immer ärgerlicher wird, sooft er seinen Witz wiederholt, samt Stuhl und allem um, und sie fängt auf so unnatürliche Weise zu lachen an, daß man den Regisseur schlagen möchte. Garbo darf nicht lachen. Ich bin dagegen.«

»Würde sie ein Marmeladenglas fangen, wenn man es ihr unerwartet zuwerfen würde?«

»Fangen kann sie nicht und lachen folglich auch nicht, aber sonst alles. Sie ist unmenschlich schön, ihre Stimme ist unvergeßlich, und sie spielt ...«

»Ja, nur ruhig, bitte beruhigen Sie sich.« E. zog eine Augenbraue in die Höhe und zeigte auf die Couch gegenüber.

»Ganz entspannt liegen, würde ich jetzt raten«, sagte er im Ton eines Psychiaters. Nach Psychiatern hätte man in ihrer Umgebung lange suchen können. Sie hatten eine tiefe Abneigung gegen alles, was nach Therapie roch. Und doch waren sie nicht unsensibel, im Gegenteil. Heimweh, Verliebtheit, hoffnungslose Liebe zu den falschen Frauen, Gedichte schreiben, Theater – sie überschütteten einander mit Gefühl. Sieben Jahre sollte ihr Freundschaft dauern. Reiche Jahre.

Ein paar Monate nach dem Sechstagekrieg reisten sie nach Israel. »Dayan spielen«, sagten sie. »Das Herz der Welt besuchen«, »Wunder erleben«, »die Wüste, die wie eine Rose blühte«, zitierten sie bei jeder passenden und unpassenden Gelegenheit.

»Hier wandelte Gottes Sohn auf dem Wasser.«

»Hier wurde Jesus im Jordan getauft.«

»Hier steht die älteste Kirche.«

»Hier haben Begins Männer Hunderten von palästinensischen Männern, Frauen und Kindern die Kehle durchgeschnitten.«

»Was? Welchen Reiseführer hast du da?«

Sie wanderten durch ein hügeliges Gebiet zwischen Jerusalem und Tel Aviv. Überall lagen ausgebrannte Wracks, Kettenfahrzeuge, Panzer.

»O Jesus!«

»Ist hier nicht gegangen.«

»Und danach ist diese ganze Völkerwanderung in Gang gekommen. Hunderttausende Palästinenser flüchteten über die Grenzen. Ich weiß es, die Israelis sprechen nicht davon, und wir tun, als wüßten wir es nicht. Es ist schon schrecklich.«

»Was gibt es Schöneres als den See Genezareth?«

»Vorläufig nichts.«

»Bei welchem Kibbuz werden wir heute abend einen Bissen Brot erbetteln?«

»Ich kann keinen Kibbuz mehr sehen.« E. fing an zu humpeln und ahmte einen Lahmen nach. »Darf ich nach Hause?«

In Prag brach der Frühling an. Sie hingen am Radio. Nie wieder hat das so geklungen wie in diesem Frühjahr. Dubček, Svoboda, Smrkovský, Jan Palach, der kehlige Klang ihrer Namen.

Paris kam, die permanente Diskussion, die Phantasie gelangte an die Macht. Wirklich, sie stellten sich vor, ihre Welt würde sich schon weiterdrehen, maßlos wollten sie leben, mitreißend. Wenn es sein mußte, unentwegt diskutierend; wenn es sein mußte, demokratisiert; wenn es sein mußte, ohne akademischen Grad. Auf mitreißende Art leben – oder wenigstens davon lesen, davon erzählen hören, darüber schreiben. Ein paar Jahre später war E. tot. Totgefahren auf einem Gebirgspaß in Afghanistan.

»Of all places.«

Die Amsel über seinem Kopf setzte einen Moment aus. Er blieb stehen und sah, wie der Vogel in den Sturzflug ging.

Die meisten Leben spielen sich im Nichts ab. Alles ist eine Wiederholung von Zügen, eine Pattstellung, alle hämmern mit der gleichen Art Kopf gegen die gleiche Art Tür, die geschlossen bleibt. Sich niemals öffnen wird. Die gleichen Bilder, die gleichen Stimmen, die gleichen Wörter, die gleichen Instinkte. Eine Amsel, die wegtaucht und auf dem nächsten Dach das gleiche empörte Lied singt. Der Welt zurufen, daß man da ist.

Er näherte sich der Stadtmitte. Musik wehte aus Häusern, Straßenbahnen klingelten in einer Kurve, Autos hupten. Thomas Mann hatte einen großen offenen Wagen gehabt, mit dem er von Deutschland hierher gefahren war. Mit Katja, seiner Frau. In diesem offenen Wagen bog Mann vom Zürichberg her ins Zentrum ein. Eine Mumie, eine Legende, ein Hexenmeister, ein Maniac. Wo er jetzt ging, war Mann gefahren. Auf dem Weg zum Schauspielhaus, zum Restaurant Kronenhalle, zu einer Lesung oder einem Literaturabend im Baur au Lac. Er war der Unbeirrbare, der Geniale, der Unnahbare, der Ehrgeizige. Mit Kindern, die ihres Vaters Talent dienten, Schatten einer Tag und Nacht scheinenden Sonne. Mit einem Sohn, der sich umbrachte.

Inzwischen war es dunkel geworden. Er hatte eine seltsame Verabredung. Er sollte geschminkt werden und, als Zeitung verkleidet, Fasnacht feiern. Seine Begleiter erwarteten ihn in der Kronenhalle, Leute, die er zufällig kennengelernt und die ihn eingeladen hatten. Karneval kannte er nicht, es wäre ihm nie im Leben eingefallen, dabei mitzumachen. Aber in Zürich war ihm alles recht, er würde es überleben.

Schon bald wurde ihm klar, daß Fasnacht keine Lappalie war. Aus allen Richtungen zogen Musikgruppen über Straßen und Plätze. Ein Korso herausgeputzter Menschen, ganz auf Fröhlichkeit eingestellt.

Die Kronenhalle war das interessanteste Restaurant, das er kannte. Die alte Inhaberin schlurfte jeden Abend mit vorsichtigen Schrittchen an den Tischen entlang, um die Gäste zu begrüßen. Die Kellner duldeten sie, und nach ihrer Runde trank sie eine halbe Flasche Champagner. Sie war neunzig. Die Wände des Speisesaals waren von oben bis unten mit Bildern von Künstlern bedeckt, die jetzt berühmt waren und früher zu den

Gästen gehört hatten. Die Echtheit der Bilder und die Trivialität essender Menschen verliehen dem Saal einen undefinierbaren Charme. Es gab einen Feininger – Manhattan betitelt –, unter dem er ein paarmal gegessen hatte. Wolkenkratzer in dunkler Kreide. Er konnte den Gedanken nicht unterdrücken, daß das Bild bei einer Auktion sehr viel einbrächte. Ein schönes Stück, aber düster. Sein Vater hatte ihn gelehrt, Bilder zu sehen, nahm ihn mit zu den Besichtigungstagen von Auktionshäusern wie Mak in Dordrecht.

Seinem Gefühl nach regnete es immer, wenn sie samstagsnachmittags in Richtung Dordrecht unterwegs waren. Er durfte den schaukelnden Citroën DS seines Vaters fahren, eher ein Amphibienfahrzeug als ein Auto. Ein Wagen, schön wie ein Feininger. Während der Fahrt redeten sie nicht viel. Manchmal stützte sich sein Vater mit einer Hand übertrieben deutlich auf das Armaturenbrett, um zu zeigen, daß für seinen Geschmack zu spät gebremst wurde. Dabei stöhnte er leise und blickte kurz zur Seite. Und wenn sie auf die lange Zufahrt zur Brücke über den Noord kamen, fragte er, ob klar sei, daß man auf der Brücke nur siebzig fahren dürfe.

Besichtigungstag bei Mak. Beide liebten sie die Romantik, holländische Ansichtskarten aus dem neunzehnten Jahrhundert, Maler des ewig Kleinen. Schon als Jungen hatte ihn sein Vater auf die Eislandschaften von Schelfhout aufmerksam gemacht, die Kircheninterieurs von Bosboom, die Straßen von Vertin, die Pferde Verschuurs. Er kannte ihre Namen und Lieblingsthemen schon Jahre, bevor sie in Mode kamen.

Das Nennen der Maler war fester Bestandteil ihrer

Fahrt. Bis sie in der Visstraat ankamen, hatten sie den rituellen Austausch vollzogen.

»Es scheint ein schöner Hoppenbrouwers dazusein«, sagte sein Vater.

»Und ein Springer.«

»Zu sehr Keksdosenmaler, dieser Springer.«

»Ist von ten Cate nichts dabei?«

Der glänzende Katalog knisterte. Jahr für Jahr bekam sein Vater ihn zugeschickt, weil er einmal ein kleines Gemälde bei Mak gekauft hatte. Und was er da »ergattert« hatte, trug, wie sich später zeigte, eine fragwürdige Signatur.

»Nein, allerdings wieder ein Schelfhout und die ganze Familie Koekkoek.«

Sie spielten Pingpong mit den Namen. Wie verschworene Amateure, die die Sprache von Spezialisten imitieren. Es fehlte nicht viel, und sie hätten noch über die charakteristische Pinselführung Spohlers oder Schoumans gesprochen; nicht Mangel an Eifer, sondern an Wissen stand dem entgegen. Ein Ritual war das, Intimität.

Er stellte den Wagen auf dem kleinen Parkplatz neben der Auktionshalle ab. Seinen Hut festhaltend, ging sein Vater neben ihm, gegen den Wind, sein Gesicht verwittert und freundlich. Dordrecht im Regen. Die Tür des Auktionshauses klemmte, jedes Jahr etwas mehr. Es war ein häßliches Gebäude mit der Ausstrahlung einer Turnhalle. Aber wenn sie erst einmal drin waren, vorbei an der Frau, die Aufbewahrungsscheine an Hutränder steckte und Schirme entgegennahm, waren sie in ihrem Element.

Sie gingen gemächlich an den Wänden entlang – Lämpchen beleuchteten alte Schränke, Kristallvasen, undefinierbare Objekte. Sein Vater fühlte sich zwischen dem numerierten Trödel zu Hause. Er blätterte im Katalog und beugte sich zu einem unauffälligen Mann hinüber, in dem er unfehlbar einen Auktionator erkannt hatte. Nie hatte er seinen Vater auf einen Besucher zugehen sehen, um zu fragen, auf wieviel »diese Kleinigkeit hier« veranschlagt sei. Er selbst sprach mit Vorliebe arglose Antiquitätenliebhaber an, die dann schulterzuckend ihre Ahnungslosigkeit zum Ausdruck brachten. Er sah seinen Vater mit dem Auktionator sprechen, wußte, daß er die Preise durchsprach, ein »Limit« nannte, ohne Gefahr, daran festzukleben. Das war seine Art, mit dem Auktionsbetrieb in Kontakt zu bleiben. Er blieb vor einem Vitrinenschrank stehen, in dem silberne Broschen, Spangen, Löffel ausgelegt waren. Silber sagte ihm wenig, Schmuck noch weniger. Er blickte auf und sah, daß sein Vater nicht mehr mit dem Auktionator sprach. Er war verschwunden.

Merkwürdig, in diesem Moment war es ihm unangenehm, seinen Vater aus den Augen zu verlieren. Er wollte ihn in Reichweite haben für den Fall, daß er etwas sah, das ihm gefiel. Es war ein kaum spürbares Verlangen, das sich im Laufe der Jahre an ihm festgesetzt hatte wie Korallen an einem Riff. Früher, wenn er bei einem Tennisturnier spielte, stand sein Vater irgendwo im Hintergrund, meist so, daß man ihn vom Platz aus nicht sehen konnte. Wenn bei einem gut geschlagenen Ball der Applaus über ihn hinglitt, fragte er sich, ob sein Vater den Schlag wohl gesehen hatte. Einmal, bei Wettkämpfen in einem anderen Teil des Landes, wurde er mühelos besiegt. Niemand wußte, daß er dort spielte. Als der letzte Ball geschlagen war und er vom Platz ging, sah er plötzlich ganz weit weg jemanden an einem Baum lehnen. Ein kurzes Hutschwenken, dann drehte sein Vater sich um und war gleich außer Sicht.

Er löste sich aus der Gruppe um die Vitrinen und begann etwas schneller als die anderen Besucher zu gehen, an Uhren und Teppichen vorbei. Er glich dem kleinen Kind, das Angst hat, vergessen zu werden. Die knarrende Treppe führte ihn hinauf in einen Saal mit weniger wertvollen Stücken, Kuriosa, Mappen mit schlechten Zeichnungen. Warum wollte er unbedingt seinen Vater sehen, mit dem er in einer Stunde schon wieder im Wagen sitzen würde? Es war ein Impuls, dem kein Entschluß vorangegangen war – wie jemand etwas aufhebt, das ebensogut liegenbleiben könnte, womit aber für sein Empfinden die Ordnung wiederhergestellt ist. Er wollte die Treppe wieder hinunter, als er von hinten an der Schulter gepackt wurde.

»Ich habe dich gerade gesucht.«

»Ja, ich dich auch, unten hängt ein Moerenhout, jemand hat ihn hier hingebracht, ohne daß er in den Katalog gesetzt wurde.«

Moerenhout. Zu Hause hatten sie eine Jagdszene dieses Malers – schon ein Jahrhundert lang von den Vätern auf die Söhne vererbt. »Was gibt es Herrlicheres als die Falkenjagd von Moerenhout«, hatte im neunzehnten Jahrhundert einmal jemand geschrieben. Diesen Satz wiederholten sie gerne, wenn die ganz Vornehmen ihre Schelfhouts zeigten. Bei Scheen, dem selbstgefälligen

Kenner aus Den Haag, hatten sie noch nie einen entdeckt.

Moerenhout war zu einer Losung geworden. Sie sprachen seinen Namen aus und hörten sozusagen das Gas in den Rohren und die Elektrizität in den Drähten. Moerenhout, das Wort brachte ihn in einen Zustand der Euphorie, alles um ihn herum vibrierte. Er versank darin.

Sie bahnten sich einen Weg durch den Saal und blieben vor dem Gemälde stehen. Sie betrachteten es. Und er hatte eine Empfindung, als würde sein Vater ein Teil seiner selbst. Könnte es nur ewig bei diesem Betrachten bleiben – das Gewühl ringsum nahm er nicht mehr wahr, überall nahm alles seinen Platz ein. Nichts würde ihm je wieder aus dem Gedächtnis fallen. Sein Vater würde sterben, er würde ihn nie mehr sehen, und der Moerenhout würde nirgendwo je wieder so schön sein wie an dieser Wand. Sehnsucht nach dem Augenblick, der noch nicht vergangen war, ergriff ihn. Sein Vater hier, mäuschenstill, eine Hand locker auf seiner Schulter. Seine Augen, sein Mantel, die Wände mit Menschen davor. Wenn es nur ewig bei diesem Betrachten bleiben könnte.

Der Rückweg bergauf dauerte viel länger. Es war fünf Uhr morgens, der Fasnachtstumult verstummte nach und nach. Straßenbahnen fuhren noch nicht. Von der Kronenhalle zum Zürichberg hinauf brauchte man eine Stunde. Links am Kunsthaus, rechts am Schauspielhaus entlang, an der Universität rechts herum und dann Richtung Tiergarten, Friedhof, Hotel.

Aus dunklem Himmel begann es zaghaft zu schneien. Er hatte noch halb die Musik dieser Nacht im Ohr. Als Zeitung verkleidet, war er ins Restaurant getreten und in einem Kreis von Freunden untergetaucht, als gehörte er schon seit Jahren dazu. Es war gerappelt voll, aber so voll es auch war, immer wieder paßte doch noch eine neue Musikgruppe hinein. Gitarren, Trompeten, Trommeln, sogar Geigen und Klarinetten. Alles tanzte und sang. Wo die Frau auf einmal hergekommen war, konnte er sich nicht erinnern. Er stand an eine Reihe von Mänteln gedrückt, als sie ihre Arme um ihn schlang und ihn hingebungsvoll küßte. Ihr Mund auf seinem, er spürte sogar das Weiche ihrer Zunge. Sie hielt ihn in der Umarmung fest. Er war verwirrt, aber daß ihm die Frau vollkommen unbekannt war, fand er seltsam angenehm. Sie schmiegte sich an ihn, die Zeitungen, die überall aus seinem Kostüm herausragten, wurden zerknittert und zerdrückt. »Le journal est un monsieur«, hatte er gemurmelt, aber sie hatte nicht begriffen, was er meinte, oder ihn nicht verstanden. Er strich ihr kurz mit einer Hand über das dunkle Haar, sah, daß sie grüne Augen hatte, und fand sie ausgesprochen forsch. Dann war eine Gruppe Musikanten, die eine lange Kette von Menschen hinter sich herzogen, mit Gedröhn durch den Saal gekommen. Sie marschierten geradewegs durch die Mäntel, geradewegs durch ihre Umarmung. Sie ließ sich von den Wellen davontragen, blickte sich um und rief »shall we dance?« Er sah, daß sie viel jünger war als er, wie sie sich bewegte, die Ungezwungenheit ihres ganzen Verhaltens. Sie lachte, winkte noch einmal und verschwand.

Er fröstelte. Mit Schnee hatte er nicht gerechnet. Wenn Gott existierte, war er eine Frau. Die verschwundene Frau flimmerte ihm vor den Augen. Er fragte sich, ob sie ihn für einen anderen gehalten hatte. Betrunken war sie nicht gewesen, alles war in hinreißender Klarheit geschehen. Aus welcher Überfülle war ihre Geste hervorgegangen?

Das Anonyme an ihr war aufregend. Das Willkürliche, der Windstoß, das mitgehörte Telefongespräch, wenn man plötzlich unbekannte Sprecher in der Leitung hat. Ihre Geschichte, die er nicht kannte, wie sie lebte, was sie dachte und träumte. Die plötzliche Handlung, in die sie ihn einbezogen hatte, ihre Energie, der Mangel an Vorsicht und Furcht.

Seine Füße glitten aus. Immer mehr Schnee blieb liegen, und die überzuckerte Straße wurde glatt. Zuerst war in seinem Kopf ein wildes Frohlocken gewesen, so von der jungen Frau umarmt worden zu sein. Dann kam das Verlangen zu wissen, wer sie war. Aber als er bergauf durch den Schnee zurückging, war nur noch ein heiteres Entsagen übrig. Gerade ihr Verschwinden, ihr sinnloses Abschiedswinken würde er so schnell nicht vergessen.

Es schneite immer weiter. Er kam am Friedhof vorbei, der direkt beim Hotel lag. Die Pforten waren geschlossen. James Joyce war hier begraben, einer der vielen Heimatlosen, die in Zürich gewohnt hatten. Neben dem Grab stand eine kleine Skulptur des Schriftstellers. Ein sitzender Mann, ein Bein über das andere geschlagen.

So hatte E. gesessen, und so saß in seiner Erinnerung

sein Vater. Sein Vater war, wie E., eingeäschert worden. Für ihn kein Grab, sondern eine dunkel bemooste Urne auf einem windigen Hügel auf Westerveld.

»Sieht er nicht schön aus, wie er da liegt?« hatte der Krankenhausangestellte gefragt, als er am Abend vor der Einäscherung noch einmal in den Keller gegangen war, um seinen Vater zu sehen. Er hatte dem nicht ganz zustimmen können. Das Gesicht, auf das er blickte, war ruhig, aber müde, mit eingesacktem Mund. »Schön« war nicht das richtige Wort. Der Totenwärter hatte sich verbeugt, als er, mit der vorsichtigen Handbewegung eines Eierhändlers, die Tür hinter ihm schloß.

Es war fast sechs, als er die Tür seines Zimmers öffnete. Er sah zurück. Die kleine Spur, die er im Schnee hinterlassen hatte, gefiel ihm. Er trat ans Fenster, die Vorhänge waren noch zurückgezogen. Auf dem Rigi am anderen Ufer des Sees spielte das erste Licht des Morgens. Er vermißte E. Er vermißte seinen Vater. Aber immer, wenn das Gefühl des Verlusts ihn ergriff, füllte sich die Lücke schneller, als sie entstanden war. Er verstand es nicht so ganz, dieses unbeschreiblich Wohltuende des Verlusts. Als ob es dabei etwas zu feiern gäbe.

Er öffnete die Tür des Colleges und trat ein. Einen Moment lang war er durcheinander. Der dunkle Raum schnitt das Tageslicht ab. Cambridge, England. Hastig griff er in sein Postfach und ging durch den Flur, an dem Zimmer mit dem Russischen Billard vorbei. Er sah die farbigen Kugeln zusammenstoßen, zwei junge Männer mit Queues in der Hand verfolgten ihren Lauf. Die Treppe hinauf, noch eine Treppe, nach rechts durch einen kurzen Flur, dann war er bei seinem Zimmer. Er ging schnell, zwei Briefe in der Hand, die er schon aus den Umschlägen genommen hatte, bevor er saß. Er hatte keine Ruhe vor halb elf, der Zeit, die ihm Gewißheit verschaffte, ob es Post für ihn gab oder nicht.

Die Kälte hing noch um seinen Mantel. Gleich nach dem Frühstück war er nach draußen gegangen. Es war Oktober, kalt, ein Hauch Sonne. Mit dem Klang der Orgel hinter sich war er an dem hohen Gitterzaun des protestantischen Westminster Colleges vorbeigegangen. Singen, beten, vorlesen, in zäher Beharrlichkeit stiegen jeden Morgen die Studenten und Dozenten in die Kirchenbänke, um den Tag einzuweihen. Manchmal setzte er sich zwischen sie, hörte zu, sang aber selbst nicht. So früh am Morgen sprach er nicht gern, singen wäre erst recht nicht möglich gewesen. Er gewöhnte sich nicht daran, Religion gleich nach Ham and Eggs.

Er folgte einer festen Route. Über den Spazierweg

neben Queen's Road, übersät mit feuchten Blättern, dann durch den kleinen Park, der in das Gelände von St. John's College überging. Die Rasenflächen um ihn herum wirkten frisch für diese Jahreszeit. Es gab Blumen, und die Bäume waren zwar etwas entblättert, aber noch nicht kahl. Die Glocke einer Kapelle schlug neunmal in trockenem und gemessenem Ton. Aus größerer Entfernung echoten andere Glocken. Noch anderthalb Stunden. Ein paar Sonnenstrahlen fielen auf den Cam, Enten schaukelten in seinem Wasser, ihren Kopf gelangweilt unter die Federn gesteckt, und Tauben pickten heftig auf dem Boden herum. Die Umgebung war wie ein abstraktes Gemälde auf seiner Netzhaut. Er betrachtete sie, jedoch ohne großes Interesse. Er nahm den kürzesten Weg zum Copper Kettle, dem Lokal, in dem er jeden Tag Kaffee trank. Die kleine überdachte Brücke von St. John's führte über den Fluß ins Herz des Colleges. Die gerundeten Pflastersteine der Innenhöfe waren glatt. Es herrschte eine Atmosphäre von Strenge und Zucht wie in einer Kaserne. Er blieb stehen, eine Schar Chorknaben kam im Laufschritt über den Innenhof, den sie fast in ganzer Breite einnahmen. Zu den verrücktesten Zeiten gingen hier weiß und schwarz gewandete Jungen in die Kirche. Die Church of England war offenbar in einem fort am Singen. Er sah zu, wie einer nach dem anderen in dem Gebäude verschwand. Unwillkürlich versuchte er, in Gedanken die Stelle des letzten Jungen einzunehmen. Sein Wunsch, sich in jemand anderem aufzulösen, wurde immer hartnäckiger. Eine Art Unreife. Er wünschte, sich zu verlieren oder zu verbergen, und überall entdeckte er Verstecke, die diesem

Zweck dienen konnten. In Menschen, denen er zufällig begegnete, die er in einem Bus sah, in einem Büro, einer Telefonzelle. Unfähig, seinem eigenen Leben ins Auge zu sehen.

Er verließ St. John's, ging schräg über die Straße und erreichte Trinity Street. Die Geschäfte dort waren klein und gepflegt. Schaufenster mit Collegekrawatten, Schirmen und Büchern. Dunkelgrüne und braun vertäfelte Fassaden, auf denen in zierlichen Buchstaben der Name des Eigentümers stand. Straßen wie Maulwurfsgänge, geschützt durch eine Reihe von Universitätsgebäuden. Ihm war, als ob ein luftdichtes Tuch um seinen Kopf geknotet wäre. Er drückte die Tür des Kettle auf, und das Stimmengewirr, durch das er hindurchging, klang dumpf. Irgendwelche Bekannten waren nicht da, er würde kein Gespräch führen müssen.

Die Zersplitterung seines Denkens wollte nicht aufhören. Seit Wochen schwärmten immer kleinere Fragmente zwischen seinen Trommelfellen hin und her. Gedanken, die blödsinnig herumsummten, nirgends hin konnten und auch nicht verschwinden wollten. Er konnte sich selbst nicht erklären, warum diese zahllosen Einzelheiten immer wieder auftauchten. Auftauchen war eigentlich nicht das richtige Wort, sie sanken herab. Eine übergeschnappte Laterna magica, die eine endlose Folge von Bildern produzierte, ohne einen Zusammenhang. Bilder von früher, das schon. In dem Chaos war insofern ein System, als es immer um das ging, was gewesen war. Er lebte rückwärts. Hörte, sah, fühlte, dachte rückwärts.

Er setzte sich auf die mit rotem Leder bezogene Bank

an der Wand, mit Blick auf die Straße und King's College. Auf das runde Tischchen vor ihm legte er Nabokovs *Speak, Memory*, rührte in seinem Kaffee und wartete. Das Buch blieb geschlossen, es diente als Alibi, zu mehr nicht. Fürs Lesen war er nicht in Stimmung. Die Intrigen in Nabokovs Leben hatten nicht die geringste Bedeutung für sein eigenes Dasein. In den Büchern, die er in Massen las, konnte er öfter keinen Sinn entdecken, es blieben konstruierte Geschichten, die Charaktere aufgepinselt oder aufgeklebt. Als er sich umblickte, sah er eine junge Frau, die K. ein bißchen ähnlich war – sie hatte auch so etwas Reserviertes an sich, das zugleich erotisch war. Er taxierte ihre Brüste unter dem Mantel. Fast automatisch tat er das, schnell und mit interesselosem Wohlgefallen. Brüste hatten ein Eigenleben, unabhängig von der Frau, die zwangsläufig dazugehörte.

K., wo war sie wohl jetzt, was tat sie, was dachte sie, mit wem sprach sie, wen reizte sie mit ihrer reservierten, aber faszinierenden Haltung? Seit dem Augenblick, als er ihr nachgeblickt hatte, wie sie aus dem schmucklosen Bahnhof von Cambridge hinausfuhr, hatte ihn eine vorher unbekannte Unruhe befallen. Ihr bleiches Gesicht über der kurzen Pelzjacke, so lehnte sie sich noch kurz aus dem Zugfenster, dann war da nichts mehr. Das Gefühl, nach K.s Abreise in Auflösung überzugehen, verließ ihn nicht, weder in jenem Moment noch jetzt. Er trank einen Schluck von seinem Kaffee und rührte sinnlos noch einmal darin herum. Draußen vor dem Fenster, direkt über den halbhohen Gardinen an ihren Kupferstangen, huschten Gesichter hin und her. Es waren dunkle Flecken im Bild der Straße.

Er hatte Angst, daß er alles verpaßte, daß das ganze Leben ohne irgendein Eingreifen von seiner Seite an ihm vorübergehen werde. Und daß er die paar geliebten Menschen, die er hatte, verlieren müsse. Hier, in diesem britischen Café, wurde ihm klar, daß seine Reserven geschrumpft waren. Angst hatte er eigentlich nie gekannt. Verlust hatte er immer überwunden, Löcher mit unzähmbaren Erinnerungen geschlossen. Aber das gelang nicht mehr. Die Monate in Cambridge begannen sein sorgloses Selbstvertrauen zu unterminieren.

Am Abend zuvor war er mit Roy im Kino gewesen. Emotionen waren auf ihn eingestürzt, die ihn physisch attackierten. Der Schweiß war ihm ausgebrochen, der dunkle Raum hatte ihn aus der Fassung gebracht. Es hatte ihn größte Mühe gekostet, auf seinem Sitz zu bleiben. Tränen waren ihm über die Wangen gelaufen. Eine Zwangsvorstellung schloß sich wie ein Band um seinen Hals: Ich muß zu K., ich will sie sehen, ich will sie berühren, sie soll sagen, daß sie mich liebt, sie darf nicht weggehen, ich muß zu K. Es war vorübergegangen, und hinterher hatte er Roy davon erzählt. Roy Dawson, dem jungen Amerikaner, mit dem zusammen er im College zu Gast war. Schon bei ihrer ersten Begegnung hatten sie sich sofort verstanden. Die gleichen scherzhaft-provozierenden Bemerkungen über den protestantischen Ernst, ihre gemeinsame Feststellung, daß das Geräusch zusammenstoßender Billardkugeln erhebender sei als der Psalmengesang eines gelehrten Geistlichen. Sie saßen lieber in der Küche und sahen zu, wie die rumänische Köchin einen Kuchen für sie backte, als einen Vortrag über die Qumran-Rollen zu hören. Sie gingen zusammen durch die Stadt oder fuhren auf Roys Motorrad in rasender Geschwindigkeit über die schmalen Straßen, die die Landschaft um Cambridge zerstükkeln.

Unmerklich begann sein Verlangen nach K. die Form der Besessenheit anzunehmen, und Roy sah es. Er wohnte mit seiner Frau Sabine außerhalb des Colleges in einem kalten und feuchten Haus in der Mill Street. Ganze Abende saßen sie dort zusammen und redeten. Roy war eine Wohltat im englischen Umfeld. Er hatte etwas von einem Barbar in diesen Kreisen, die Bücher und Theorien verehrten. Der Dünkel der Wissenschaft mit ihrer zentrifugalen Kraft wirkte stark auf die Lebensweise der Leute ein, die hier studierten. Dennoch wußte er, anders als Roy, den lokalen Snobismus durchaus zu schätzen. Die Riten, mit denen man hier die eigene Einzigartigkeit umkleidete, flößten ihm keinen Widerwillen ein. Im Gegenteil, das Hochtrabende, das hier alles an sich hatte, zog ihn an. Man hielt an den Traditionen fest, aber es war ein Spiel, und nirgendwo in England lachte man so über den alten Humbug wie gerade in dieser Stadt. Er hatte das Allerheiligste von St. John's betreten, wo die Fellows tagten, die Masters präsidierten, wo das Heben der klirrenden Kaffeetassen und Cognacgläser vor dem großen Kaminfeuer etwas Magisches hatte. Das Glas in der Hand, hatte er sich mit einem Chemiker unterhalten. Die dunkelbraune Täfelung, die geflüsterte Konversation um ihn herum, die silbernen Leuchter mit den brennenden Kerzen, alles konnte einen glauben machen, daß die Welt hier keinen Zutritt hätte. Kurz zuvor hatte der Mann in seinem Laboratorium vielleicht die scheußlichsten Versuche gemacht, mit den Gesetzen des Universums experimentiert. Um danach seinen schwarzen Talar anzulegen, das lateinische Tischgebet zu sprechen und sich entspannt in die Tradition des Colleges zurückzulehnen. Eine kokette Form von Sarkasmus war das. Maskerade. So war Cambridge, man konnte sich mühelos verstecken.

In jenen Tagen war ihm ein eigenartiges Büchlein in die Hände gefallen, von einem Gelehrten aus dem siebzehnten Jahrhundert. Der Autor predigte die vollkommene Unmöglichkeit des Handelns, leugnete beinahe jede Art von Erkenntnis, das »Ich« war Zuschauer vor einer Bühne, auf der es selbst keine Rolle spielte. »Orbis terrae theatrum est … – der Erdkreis ist eine Schaubühne, eines weiß ich gewiß, daß nicht eigene Wahl mich hierhin brachte.« Er fand ein Zitat von jemandem, der sich als »entschwindender Punkt im Grauen des unendlichen Raums« bezeichnete. Worte von Philosophen waren das, extrem nüchtern und extrem pathetisch. Sie trafen ihn tiefer, als er sich eingestehen wollte. Das Grauen des unendlichen Raums. Er mußte das Buch beiseite schieben, und ihm fiel nichts anderes ein, als das Foto von K. daneben zu legen. In diesem unendlichen Raum existierte sie, er wollte sie nicht verlieren.

Er beneidete Roy um dessen Mangel an Phantasie. Roy liebte das Glänzen seines Motorrads, er tat die Dinge, die er tun konnte. Darin folgte er einem untrüglichen Instinkt. In Amerika hatte er die Schriften des deutschen Widerstandskämpfers Dietrich Bonhoeffer kennengelernt. Bonhoeffer, einer mit unvergleichlichem Talent, bis zum Ende für eine Sache zu kämpfen, diszipliniert und radikal: *allein in der Tat ist die Freiheit.* Roy war prompt nach Deutschland gereist, um sich dort mit ihm zu beschäftigen. Die erste junge Frau, die er in Göttingen traf, war die Tochter Bethges, des Freundes und Biographen seines Idols Bonhoeffer. Er heiratete sie, und manchmal wußte er nicht, ob er sie um ihretwillen oder wegen der Gespräche mit ihrem Vater gewählt hatte. Lange hielt er sich mit dieser Frage nicht auf. Er war jemand, der eine Erfahrung machte und dann sein Motorrad putzte. Roys fast naive Art des Urteils stand in scharfem Gegensatz zu dem überladenen, jahrhundertealten Denken von Cambridge. Die Abende mit ihm waren eine Erholung.

Der Copper Kettle füllte sich, die erste Vorlesung war zu Ende. Er betrachtete die Studenten, welche die Mehrheit der Cafébesucher ausmachten, mit Skepsis. Er hatte nicht das geringste Interesse an ihnen, für ihn waren sie Typen. Sie glichen genau ihren Artgenossen in Holland. Diskutierende, überwiegend unintelligente Menschen, die große Töne spuckten und sich dabei die Haltung des Virtuosen gaben. Zu Hause hatte ihn das meistens geärgert, hier paßte es zum Dekor, und er akzeptierte das Gerede der Schaumschläger als unvermeidliche Hintergrundmusik. Manchmal überkam ihn sogar eine Art Mitleid, wenn er die Anschlagzettel las, zum Beispiel die gleich über seinem Kopf, auf denen für die schrecklichsten Themen geworben wurde. »In der Reihe Wissenschaft und Staat spricht heute abend George McKinnon über das Ethos des Forschers angesichts der Machtergreifung der Militärexperten innerhalb des Staatsapparates.« Machtergreifung. K. – Er kam nicht los von den aggressiven Empfindungen, die ihn am Vorabend im Kino überwältigt hatten.

Plötzlich hatte der Gedanke an sie ihn mit ungeahnter Kraft überwältigt. Er hatte sich nicht dagegen wehren können, die Heftigkeit der Emotionen ließ keine Ausweichmöglichkeit. Er war verzweifelt gewesen und hatte sich kaum so lange zusammennehmen können, bis es nachließ. Der Auslöser war eigentlich banal. Der Film war eine ziemlich sentimentale Geschichte über eine amerikanische Familie, der Vater war Professor für deutsche Literatur. Sein Sohn studierte Archäologie, es war sein erstes Jahr außerhalb des Elternhauses. Bei einem Gespräch am Rand eines Tennisplatzes – wie sich hinterher zeigte, war dies die letzte Begegnung vor dem Tod des Vaters – erzählte der Sohn, daß er sich verliebt hatte. Der Vater erhob sich lachend, mit einiger Verlegenheit, und zitierte mit starkem amerikanischem Akzent: »Entweder ein schneller Tod oder eine lange Liebe.«

Gleich darauf schwenkte die Kamera zu einer Ecke des Tennisplatzes, wo die Freundin des Sohnes einen Ball aufhob. Unter ihrem Tennisrock war ein hellblauer Frotteeslip zu sehen. Und bei diesem Bild, dem hellblauen Slip, waren seine Sehnsucht nach K. und die Furcht, sie irgendwann zu verlieren, unbeherrschbar auf ihn eingestürmt. Natürlich, K. hatte genau so einen Slip, sie trug ihn nachts. Darüber hatte sie meistens ein verblichenes T-Shirt an, so kurz, daß es ihren Nabel freiließ. Und doch schien ihn nicht die einfache erotische Assoziation so mitgenommen zu haben. Es mußte in dieser Szene etwas gegeben haben, das mehr bewirkt hatte als die deutliche Vergegenwärtigung von K. Er glaubte nicht, daß ihn das Zitat so gerührt hatte, obwohl es etwas damit zu tun haben mußte. Außerdem hatte es in der Szene einen komischen Bezug zu seinem eigenen Vater gegeben. Kurz bevor der Mann aufstand und seinen idiotischen Spruch von sich gab, legte er dem Jungen resolut die Hand auf die Schulter, lehnte sich einen Moment zurück, zog beide Füße an und kam dann mit einem kurzen Schwung hoch. Das war eine perfekte Imitation seines Vaters. Aber eine Einzelheit, die er nicht mit K. in Verbindung bringen konnte.

Der Betrieb ringsum störte ihn nicht. Er saß an seinem Platz, mit äußerster Anspannung auf K. konzentriert, verzweifelt wegen ihrer Abwesenheit, verzweifelt wegen ihrer Undurchdringlichkeit, verzweifelt wegen ihrer Trostlosigkeit. Er war sich mehr denn je bewußt, daß er ein Leben ohne sie schlecht aushalten könnte. K. hatte sich in allen Ecken und Winkeln seines Gedächtnisses eingenistet. Maskerade, künstlicher Nebel aus Wörtern, Schwärmereien, Theorien, Bücher, poetische Abwehr der Realität, sein Leben fügte sich nahtlos an Cambridge an. Er sah den scharfen Gegensatz zu K.s Haltung, ihrer Art zu sein, die ganz ohne Waffen auskam. Sie lebte nackt, verlangte nichts, tat nichts und nahm die Einsamkeit hin. Wehrlos, gequält, scheu, ängstlich, manchmal bröckelte der Widerstand. Ein entschwindender Punkt im Grauen des unendlichen Raums: K. kannte die Bedeutung dieser Worte besser als er. Der äußersten Leere wagte er nicht ins Auge zu blicken, sie tat es. Auch deshalb hatte er beschlossen, aus den Niederlanden wegzugehen; dieses Postgraduiertenstudium war ein Vorwand gewesen. Was sollte er mit Philosophie und Literatur, wenn er noch nicht einmal K. in ihrer Verlassenheit festhalten konnte? Er dramatisierte. K. wollte ihn nicht an sich binden. Sie wehrte ihn ab, soweit sie konnte, sie würde sich nichts und niemandem mehr ausliefern. Aber sein rücksichtsloses Interesse zog sie auch an, manchmal nahm seine jungenhafte Fähigkeit, lieb zu ihr zu sein, sie gefangen. Er konnte sie zu unerwarteter Unbeschwertheit emporheben, die er ihr, sie wußte nicht wie, abzuringen verstand. Eine Beziehung war entstanden, die kaum eine Form besaß, sich von Tag zu Tag veränderte und richtungslos wuchs. In Holzpantinen war er durch ihre Welt getrampelt, überzeugt, auf Zehenspitzen zu gehen. Was er sagte und tat, war nicht ganz verkehrt, aber selten wurde ihm klar, daß es besser gewesen wäre zu schweigen.

Er blickte auf seine Uhr, schob den Tisch zurück und verließ das Café. Das kleine Zentrum von Cambridge füllte sich mit Menschen und Autos. Er lavierte sich durch die Menge. An Trinity Street und dem Blue Boar Hotel vorbei, wo er nachmittags manchmal Tee trank und sich durch die *Collected Poems* von T. S. Eliot arbeitete. Clownerie, die er mochte. The Blue Boar, wo Bloomsbury hinging und Topspione wie Burgess und Philby ihren Kuchen aßen. Nabokov saß dort nach seinen Prüfungen, auch Russell. Reihenweise hätte er Namen aufschreiben können, jeder dieser Leute hatte seine glänzende Karriere gehabt – er spielte gern mit seiner Fähigkeit, sich in andere Zeiten hineinzuversetzen. Oberflächliche Wehmut, literarischer Nonsens.

Er nahm absichtlich einen anderen Rückweg zum

College. Über St. John's Street und Bridge Street kam er zur Magdalene Street, wo es gleich neben der Brücke ein kleines Geschäft gab, das Schmuck verkaufte. Zwei Männer und eine Frau arbeiteten an einem Tisch mit Filz und Meißelchen an Ringen und Ketten. Von der Straße aus hatte er schon einige Tage eine silberne Halskette in der Auslage gesehen. Er wollte sie für K. kaufen, aber aus irgendeinem Grund hatte er sich noch nicht dazu entschließen können, in den Laden zu gehen. K. hatte ganz und gar keine Leidenschaft für Schmuck. Nie trug sie ein Armband oder Ringe. Aber dies war etwas anderes, er fand die Halskette nicht einfach nur formschön. Diesmal zögerte er nicht, kaufte sie und ging weiter durch die Magdalene Street. Es erleichterte ihn, daß die Kette noch dagewesen war. Er hatte das seltsame Gefühl, etwas Symbolisches getan zu haben. Bis jetzt hatte er nie gewagt, K. ein Geschenk zu machen, sie vermieden Handlungen, die auch nur den Anschein von etwas Definitivem hatten. Schenken war etwas Schamloses, ein Verstoß gegen stillschweigende Abmachungen. Eine Halskette für sie zu kaufen, setzte große Intimität voraus.

Er erinnerte sich, wie sie – nach dem Unfall, bei dem ihr Mann ums Leben kam – wochenlang einen Gipsverband um den Hals hatte tragen müssen. Einmal hatte sie ihn sich kurzerhand heruntergerissen, die Stücke flogen durchs Zimmer. Er war so dumm gewesen, sich um ihre Gesundheit zu sorgen. Silber für Gips, war das seine Antwort? Falls ja, würde sie das Ding weglegen und vergessen. Nein es war primitiver, der schlichte Glaube, daß sie, wenn sie die Halskette annahm, nicht mehr aus seinem Leben würde verschwinden können. Die Motive eines nicht sehr festen Charakters, Symbol von Schwäche, Beschwörung auf niedrigem Niveau.

Er hatte Cambridge verlassen, die Stadt ihn nicht. Mit K. lebte er von einem Augenblick zum nächsten. Sie verfolgten einander vorsichtig. Trieben dahin.

Auf dem Weg zu seiner Wohnung, wo er fast eine Woche nicht gewesen war, fuhr er lautlos durch die ausgestorbenen Straßen des indonesischen Viertels von Den Haag. Malakka, Bali, Lombok, Riouw.

Langsam ging er hinein. Drinnen war es kalt. Mitten im Zimmer blieb er stehen und blickte hinaus. Alles nahm unverrückbar seinen eigenen Platz ein. Das alte Kutschenhaus, das er bewohnte, war von Sträuchern und Bäumen umgeben. Efeu streckte seine Zweige bis vor die Eingangstür aus. Strünke von alten Kletterrosen ragten aus dem Boden. Am Rande der Terrasse war eine rostige kleine Wanne halb in der Erde vergraben. Vögel warfen Blätter auf. Es dämmerte. Er hörte, wie sich der Kühlschrank in der Küche mit einem kurzen Rasseln einschaltete. Das Bild, das er vor einer Woche aufgehängt hatte, hing jetzt schief, ein Stück Bindfaden kam darunter zum Vorschein. Die neue Lampe stand genau an der Stelle, wo sein Vater sie hingestellt hatte, das Kabel mit weißem Klebeband zusammengehalten. »Erst etwas Kaffee – ich bin müde«, hatte sein Vater gesagt, nachdem er auf den schmalen Weg zum Kutschenhaus gefahren war und die Lampe hinten aus dem Wagen gefischt hatte. »Lampe für deinen Schreibtisch.« Alle seine Bewegungen waren träge gewesen. Sein Gesicht wurde von Schatten und Falten zusammengehalten. Aber nichts hatte darauf hingedeutet, daß der Tod ihm so nah war, daß er am nächsten Abend sterben würde.

Beim Abschied, an der Ecke des Hauses, wo der Wagen geparkt war, hatte er fast vergessen, daß er seinem Vater nie mehr einen Kuß gab. Er hatte sich schon vorgebeugt, um ihn auf die Wange zu küssen, bis ihm klar wurde, was er tat. Auf halbem Wege hatte er innegehalten, einen kurzen Moment verwirrt. Dann, ganz nah bei ihm, hatte er ihm die Hand gedrückt.

In der Dämmerung seines Zimmers dachte er unaufhörlich an ihn. Ein gebändigter Strom von Erinnerungen, eine saubere Wunde. Er schob den Stuhl an seinen Schreibtisch und schrieb. In seinem Inneren sprangen Türen auf. Er schrieb in einem Atemzug bis in den späten Abend.

Als er in den viel zu großen Cadillac stieg und sich erst einmal eine Sekunde darüber klar werden mußte, wo er war, dachte er nicht an das, was nun kommen würde. Er dachte daran, daß er viele hundert Male von dieser Straße aus, in der sich die Wagen jetzt langsam in Bewegung setzten, mit dem Rad zur Schule gefahren war. Die Assoziation kam ihm nicht zufällig. Auf dem Fahrrad war er in der Stadt oft Leichenzügen begegnet. Er hatte versucht, mit ihnen Schritt zu halten, was wegen ihres kriechenden Tempos auch immer gelang; manchmal manövrierte er sich, wenn die Ampel rot war, neben den Wagen an der Spitze und warf einen Blick hinter die hellgrauen Vorhänge. Aus Freundlichkeit gegenüber dem, der dort lag, ließ er sich auch schon mal von einem dieser Wagen ziehen, hielt sich mit der Hand an dem breiten Kotflügel fest. Immer wieder hatte er die Wagen gezählt, die Personen pro Wagen, und sich genau die Gesichter angesehen. Er hätte auch zuverlässig angeben können, welche Privatautos mit zum Zug gehörten. Bei all diesen Gelegenheiten waren seine Gefühle seltsam gemischt gewesen. Distanz zu dem, was sich hinter den Scheiben abspielen mußte, und Sehnsucht nach Intimität, die eine solche Gruppe von Menschen zusammenzuhalten schien. Fasziniert hatte es ihn immer. Er auf seinem Rad auf dem Weg zur Schule, Groenendaal, Oostplein, Blaak, Witte de With, Mathenesserlaan, Wytemaweg, noch hundert Klassenarbeiten vor sich, und sie mit einem Toten Richtung Zuid oder Boezemsingel. Diesen bizarren Kontrast hatte er schon sehr früh erkannt und empfunden. Er war nicht von morbiden Gedanken besessen, nicht mehr als jeder andere zumindest, nur das heftige Interesse, mit dem er den schwarzen Konvoi betrachtete, war für sein Alter vielleicht etwas ungewöhnlich. Aber nie hatte wirklich der Gedanke von ihm Besitz ergriffen, daß auch er selbst zu seiner Zeit in so einem Konvoi sitzen würde. Manchmal hatte er sich auf spielerische, oberflächliche Weise vorgestellt, er würde irgendwie vom Tod eines Menschen mitbetroffen sein, aber niemals mit allen Konsequenzen.

Sie fuhren langsam durch die Stadt, Groenendaal, Blaak, Richtung Zuid. Radfahrer überholten sie. Er merkte, wie angenehm das Schneckentempo war. Es war Anfang Januar und ungewöhnlich warm und windstill. Der dunstige blaue Himmel ruhte auf dem Dach des Wagens vor ihm. Nichts hatte ihn davon abgelenkt, als er sich plötzlich erinnerte, wie sein Vater bei King's Parade auf ihn zugekommen war. Er hatte gewußt, daß sein Vater irgendwo in England unterwegs war, und wie er ihn kannte, würde er bestimmt versuchen, in Cambridge »mal kurz vorbeizuschauen«, aber in dem Moment hatte er ihn dann doch nicht erwartet. Er sah, wie er rasch einem Ladenbesitzer auswich, der einen Kasten mit Sportartikeln vor die Tür stellte. Er trug seinen alten grünen Mantel und den Hut, der im Lauf der Jahre etwas die Form verloren hatte. Er grinste jungenhaft, schon im voraus zufrieden, seinen Sohn zu überraschen, und hob kurz die Hand, ohne sie ganz zu öffnen. »Bonjour.« So würde sein Vater ihn an den unwahrscheinlichsten Orten der Welt begrüßen, als wäre er zufällig gerade in der Gegend. Ohne viel zu sagen, lotste er seinen Vater zu einem Antiquitätenladen gleich beim Fitz-William-Museum. Der Antiquitätenhändler war Experte auf dem Gebiet von Truhen, die sich bei näherem Hinsehen als Schreibtruhen erwiesen. Trotz des hellen Herbstwetters brannten die Lampen im Laden, der unter dem Straßenniveau lag. Die Sonne kam hier nicht bis zum Sockel der Häuser, und die Antiquitäten standen hier und da sogar im Halbdunkel. Das Ganze war wie ein luxuriöses Grabgewölbe. Die kleinen Truhen waren aus makellosem Mahagoni oder Ebenholz. Wenn man den Deckel aufklappte, zog man ein kleines schräges Schreibpult mit hervor, Tintenfässer und Schreibmaterial waren in das Holz eingebettet. Es waren Reisetruhen, auf denen in früheren Jahrhunderten Offiziere und Kaufleute ihre Briefe geschrieben hatten. Sein Vater nahm sie gründlich in Augenschein, kontrollierte die Beschläge, spähte nach Spuren von Restaurierungsarbeiten und Holzwurm. In manchen der Truhen fanden sich noch alte Briefe und Quittungen. Schließlich sagte er: »Manchmal sehne ich mich heftig nach einer langen Reise durch die Welt, nach Zeiten, in denen man derlei mit einer Truhe wie dieser im Gepäck tun konnte.« Er kaufte an Ort und Stelle eines der schönsten und schlichtesten Exemplare, holte seinen Wagen, den er am Market Place zurückgelassen hatte, und zusammen trugen sie das gute Stück aus dem Laden. Sie schoben es auf den Rücksitz, und von der Straße aus spähten sie durch die Scheibe. Der Beschlag auf dem Holzkistchen funkelte.

Zum Rednerpult hinaufzusteigen, dauerte nur Sekunden, dann sah er auf Hunderte von Menschen hinab, die in dem muschelförmigen Saal zusammengedrängt waren. Er kannte fast alle. Nach dem Tod von K.s Mann hatte er auch in so einem Saal gestanden. Man hatte ihn gebeten zu sprechen, über K., über ihren Mann, über eine kurze Liebe und einen schnellen Tod. Über eine Freundschaft, die sieben Jahre gedauert hatte. Als er geendet hatte, begleitete er K. an den zahllosen Zuhörern vorbei. Irgendwo mitten in der Masse stand unvermittelt ein Mann auf. Schüchtern, ergeben, ernst stand er da, sein Vater. Im nächsten Moment erhob sich eine Mauer von Menschen. Die Geräusche, die sie dabei machten – das Rascheln der Kleider, das kurze Scharren von Stuhlbeinen und Schuhen –, stürzten auf ihn ein. Alles geschah in vollkommenem Schweigen. Er hatte das Gefühl gehabt, sich hinlegen zu müssen, um nicht mitgeschleift zu werden.

In knappen Skizzen schilderte er das Leben seines Vaters. Am Vorabend hatte er sich in seinem Kutschenhaus eingeschlossen. Dort hatte er bald das Gefühl gehabt, in einem Theater zu sitzen, oder in einem Kino. Die Bilder von seinem Vater, die wirklichen Bilder, waren in aller Klarheit über ihn gekommen, und schreibend hielt er eins nach dem anderen fest. Die Vorhänge hatte er offengelassen, der Garten und der Rest des Hauses lagen im Dunkel. Nur die Lampe auf seinem Schreibtisch brannte.

Er war bis an die Grenzen seiner Spannkraft gegangen, aber mühelos, ohne eine Hemmung. Nirgends hatte er sich zurückhalten können, nirgends gab es eine Stelle, wo er dem Verlust hätte ausweichen können. Der Tod seines Vaters beanspruchte ihn uneingeschränkt – vergleichbar nur mit seiner Liebe zu K. Später sollte er manchmal das Gefühl, wie sehr sein Vater ihm fehlte, und die Liebe zu K. nicht mehr deutlich unterscheiden können.

Er sprach, und in der wachen Konzentration des Augenblicks sah er die kleinsten Einzelheiten bei den Menschen, die ihm zuhörten. Die Spitze eines Taschentuchs, die aus einer Handtasche herausragte, die Hülle eines Regenschirms, lose über einem Bein. Er entdeckte Leute, die er lange nicht mehr gesehen hatte. Er sah K., ihr bleiches Gesicht ihm zugewandt, reglos und mitfühlend. Er nickte ihr kurz zu, als gehörte sich das so. Einen Moment lang glaubte er seinen Vater zu sehen, irgendwo weiter hinten zwischen einigen seiner Kollegen – lächerlich natürlich, aber er konnte es nicht unterdrücken.

Schließlich schwieg er und hörte die Stille, die jetzt alle erfaßt hatte. Dann erhoben sich die vielen Menschen wie ein Mann, um zu gehen. Er hatte gewußt, daß es so sein würde. Es gab eine Welle von gedämpften Geräuschen. Er blickte auf, aber es war diesmal nicht sein Vater, der den monumentalen Gruß angestimmt hatte.

»Please come in«, sagte der Mann, der ihm öffnete. »I am the first secretary« – die Rs rollten wie Brandungswellen durch sein Englisch, und Licht glitzerte auf seinem glatten osteuropäischen Jackett. Er betrat die Botschaft, in der sich die Kulturleute aus Den Haag schon ums Büfett drängten. Hier sollte er Ellen treffen, die ihn der ungarischen Botschafterin vorstellen wollte. Ellen, die sich wie ein Blutsauger auf ihn gestürzt hatte, seit er in einer Zeitung ein paar nette Worte über Ungarn geschrieben hatte. Ellen, die ihm einen Kongreß aufdrängte, einen internationalen Kongreß für Wissenschaftler, Künstler und Journalisten. Er gehörte zu keiner dieser Kategorien und hatte das Gefühl, nur indirekt damit zu tun zu haben. Nie gehörte er irgendwo wirklich dazu. Er wartete auf etwas, sammelte Eindrücke für später. Ein völlig ungewisses, unfaßbares und inhaltsloses »Später«. Manchmal dachte er, daß er seine Welt schon längst überlebt hatte.

Es war unangenehm voll, man sprach laut, zum Glück kannte er niemanden. Dann sah er die Frau, die ihn zum Kommen gedrängt hatte, und im gleichen Augenblick rief sie: »Darf ich Sie alle um Ruhe bitten, das Szëbö-Ensemble aus Budapest wird jetzt für uns spielen!«

Man drängte von allen Seiten in den Raum, Gläser und Häppchen in den Händen. Aber er ging gegen den

Strom in einen kleinen Nebenraum, in dem niemand war. Von dort sah er zu, wie drei junge Männer in Jeans und locker herabfallenden Blusen ihre Instrumente auspackten. Das vergessene Zimmer war dunkel, der Platz, an dem sich das Ensemble aufstellte, fast zu grell beleuchtet. Er sah, wie eine junge Frau auf die Männer zuging, mit vorsichtigen Schritten und sehr kontrolliert.

Sie drehte sich dem Publikum zu, und die Musiker begannen in bedächtigem Tempo zu spielen. Ihr Blick ging ins Leere, sie sah niemanden an. Aber auf einmal tanzte sie, ebenso unbeteiligt wie ihr Blick. Die Musik hinter ihr brach aus der anfänglichen Trägheit aus. Ihre Füße klopften nun auf den Boden, sie bog sich im Rhythmus der Musik, aber es war, als geschähe alles ohne ihr Zutun. Er konnte seine Augen nicht von ihr abwenden. Das willenlose Tanzen, ihre Ruhe in dem Getümmel, dessen Ursache sie war, der Kontrast berührte ihn tief. Er hoffte, sie würde nicht aufhören, es sei denn, um mit ihm wegzugehen. Einer der Musiker legte seine Violine hin, faßte die Frau um ihre Taille und drehte sie herum. Sie überließ sich ihm, drehte sich schneller und schneller.

Die Musik setzte abrupt aus, im gleichen Augenblick stand sie still, bewegungslos, nicht ein bißchen aus dem Gleichgewicht gebracht. Sie lächelte verlegen. Die Zuschauer applaudierten laut, zu laut für seinen Geschmack, und verteilten sich wieder. Die Tänzerin blieb jetzt bei der Gruppe der Geiger. Ellen umarmte sie kurz.

Was er gesehen hatte, brannte sich in ihn ein.

Lärmend rollte das Flugzeug über die Startbahn. Überall klapperte etwas. In allen Fugen krachend, löste sich die Maschine vom Beton und kroch auf die vorgeschriebene Höhe.

Er war auf dem Weg nach Ungarn, mit Ellen und einer hohen Dosis Zweifel an dem ganzen Unternehmen. Dichter, Gelehrte, Zeitungsleute, was sollte er zwischen ihnen.

Es wurde schon dunkel, als sie auf dem Budapester Flughafen landeten. Resolut und hastig lotste ihn sein Führer am Zoll vorbei. Ein Dolmetscher vom Kongreß holte sie ab, und Ellen, gebürtige Ungarin, redete auf den Mann ein. Eine Sprache, die von allem losgerissen schien, er konnte keinen einzigen Laut mit irgend etwas verbinden, kein Wort bot Halt. Ein Taxi erwartete sie, und die zuschlagende Autotür schnitt mitten durch das Gespräch. Budapest, die ersten Straßen eines Außenbezirks, dann immer schneller dem Zentrum entgegen. Eine mörderische Fahrt. Es war, als sei der Fahrer ein gerade aus dem Ring herausgerissener Boxer, der jetzt auf die anderen Autofahrer losging. Ihn interessierte das nicht sehr. Was ihn beschäftigte, war die Frage, ob er die junge Frau aus der Botschaft wiedersehen konnte. Ungarn sagte ihm kaum etwas, er kannte das Land nicht, verstand die Sprache nicht, nur der Name Budapest rief etwas in ihm wach. Einmal war er einem ungarischen Jungen begegnet, der am Aufstand teilgenommen hatte. Ein kleiner Junge von zwölf Jahren wie er selbst damals, und er hatte mit einer Pistole in der Hand Wache gehalten – romantischer ging es fast nicht mehr. Ein Junge mit einer geladenen Pistole und eine junge Frau, die in einem großen Haus in Den Haag tanzte, das war für ihn »Budapest«.

Man hatte ihm Hungaria empfohlen, das am stärksten vergoldete und ergraute Restaurant der Stadt. Etwas aus den Tagen der österreichisch-ungarischen Monarchie war hier noch spürbar, sechzig Jahre nach deren Ende. Manche Dinge wollen nicht verschwinden, wieviel Zeit auch verstreichen mag. Sein Vater war vor Jahren gestorben, aber sein Leben wollte nicht enden.

Um seinen Tisch versammelten sich schweigend die Kellner. Die Bedienung besaß hier die Übermacht. Einer reichte ihm eine schwere Menükarte. Er konnte sich für nichts entscheiden und blätterte hin und her. Von all den Restaurantbesuchen mit seinem Vater fiel ihm der Abend ein, an dem sie zusammen aus Friesland gekommen waren und in Ommen bei einem altmodischen Hotel gehalten hatten. Unter einem gewaltigen Gemälde mit einer Weide und Kühen warteten sie auf ihr Essen. Auf allen Tischen brannten Kerzen, und über der Vechte hing dichter Nebel. Der kleine Saal war leer bis auf einen Kellner, der Servietten faltete. Sein Vater schob seinen Stuhl zurück und trat an das Fenster, das zum Fluß hin lag. Die Hände in den Taschen, nickte er nach draußen und sagte: »Wetter für ein Mah-Jongg-Spiel.«

Er war zu seinem Vater getreten und antwortete: »Nein, für Bésigue.«

Sein Vater lachte und lehnte seine Stirn leicht gegen die Scheibe, die durch die Wärme etwas beschlug. Unten auf der Terrasse wogte der Nebel um die eingeschalteten Lampen. Zu Hause hatten sie unzählige Male so gestanden, die Hände zwischen die Rippen des Heizkörpers gesteckt, und die Brieftauben des Nachbarn gegenüber beobachtet, die in weiten Kreisen über die Dächer strichen. Mah-Jongg, Bésigue, das waren Urworte für ihn und vielleicht auch für seinen Vater. Das Absetzen der Teller störte ihr Spiel. Sein Vater tippte ihm auf die Schulter: »zu Tisch.«

Die Kellner zogen mit seiner Bestellung ab, die er schließlich doch hatte aufgeben müssen. Er war jetzt seit drei Tagen in Budapest und paßte hierher, lebte sich bemerkenswert leicht ein. Anfang Oktober war es jetzt und zum letzten Mal sommerlich, blauer Himmel, die Bäume vielfarbig, das Licht von leichtem Dunst gefiltert. Den Kongreß mied er, soweit es ging. Allerdings hatte er schon in der kurzen Zeit ein paar Leute kennengelernt, mit denen er aß oder im Café Vörösmarty eine Kleinigkeit trank. Unaufhörlich ging er durch die Stadt, die ihm unergründlich wohlwollend vorkam.

»Ihr wißt nicht, was Freiheit ist. Ihr kennt ihre Grenzen nicht, nichts hält euch auf. Ihr lebt in einem Loch, das Freiheit heißt.«

Er hörte das Pathos in solchen Sätzen, aber er hörte auch, was sie bedeuteten. An diesem Nachmittag war er zusammen mit anderen Kongreßteilnehmern in einem Jugendclub gewesen – man hatte sie eingeladen, dort über den Westen zu sprechen. Der Saal war gerammelt voll. Sympathische Gesichter, freundliche Worte. Bis er so taktlos war zu fragen, ob sie Solschenizyn lasen, und warum nicht. Es war totenstill geworden. Die Verlegenheit, die er hervorgerufen hatte, übertrug sich auf ihn selbst. Dann hatte ein junger Mann zu sprechen begonnen.

»Wir leben hier, es ist unser Land, und wir lieben es. Wir haben ein Bruderland – seine Freunde wählt man, Brüder nicht.«

Und der junge Mann sprach weiter, über seine Gedanken und das, was ihn bewegte. Und aus all seinen Worten sprach eine Sehnsucht, eine unsagbare Sehnsucht nach etwas, das es einmal gegeben hatte oder das noch kommen würde.

Der prunkvolle Saal des Hungaria erhob sich über ihm wie eine Kathedrale. Er saß in einer Luxuskatakombe. Von oben bis unten Marmor, Spiegel und goldene Wandlampen und hoch über ihm glänzende Brüstungen. Nirgends war der Raum wirklich ausgefüllt, nicht einmal mit Geräuschen. Hier und dort saßen Leute, aber sie betonten eher noch die Verlassenheit. Er dachte an die junge Frau vom Szëbö-Ensemble, er hatte schon seit dem Augenblick an sie gedacht, als er nach Budapest hineingefahren war. Warum, war ihm nicht klar, sie war nicht einmal eine außergewöhnliche Frau gewesen. Sie hatte getanzt, ihr Gesicht und ihr abwesender Blick hatten ihn berührt. Rührung aus dem Nichts. Es geschah ihm immer öfter, daß er ohne erkennbaren Anlaß Schmerz empfand, wenn er das Gesicht einer jungen Frau sah. Er hatte nicht gewagt, sie anzusprechen, sie hatte sich so zögernd bewegt, so bescheiden gewirkt, außer in dem Moment, da sie tanzte. Ganz kurz hatte er sie noch vor einem Spiegel stehen sehen, sie ließ – offenbar plötzlich ihrer selbst bewußt –

ihre Hände durch ihr Haar gleiten. Er mußte Ellen fragen, ob sie in der Stadt wohnte, er wollte sie wiedersehen, wenn es möglich war.

Menschen wie in einem Fanfarenzug, Franzosen, Kubaner, Vietnamesen, ein ganzer Sack von Ländern, ausgeschüttet in der Akademie der Wissenschaften in der Országházstraße. Er saß im Hintergrund eines Saales, einen Kopfhörer auf den Ohren, und wartete auf das Ende eines Vortrags. Es war blühender Unsinn, eine Aneinanderreihung von Klischees, verkündet in einem Ton, der den Enkeln der Revolution eigen zu sein schien. Klischees, Terror, Diktatur – sein Vater hatte in Osteuropa nicht eigentlich eine Gefahr gesehen, Kommunistenfurcht war ihm fremd, aber die Lügen hatte er nicht ertragen.

Vorsichtig legte er seinen Kopfhörer ab und ging zu dem großen Balkon, der über einem ummauerten Garten hing. Durch die geöffneten Türen sah er Ellen im Gespräch mit einem stämmigen Rumänen, einem Mann, den er auf dem Podium unter anderen Offiziellen gesehen und auf der Stelle für einen Geheimagenten gehalten hatte. Wie viele der Anwesenden hatten wohl Verbindungen zu einem Nachrichtendienst? Würde man ihn auch auf irgendeine Liste setzen, weil er von einem der unreinen Länder eingeladen worden war? Vermutlich schon. Ungarische Botschaft, Budapest, nicht ausgeschlossen, daß der Feind ihm einen Vorschlag gemacht hatte. Sein Freund Steven arbeitete beim niederländischen Geheimdienst, Abteilung Analyse. Manchmal griff er ihn deswegen an. Behauptete, das sei eine unwirkliche Welt, obskure Spieler, die nie wußten, was sie wußten und nie durchschauten, was sie durchschauten, weil alles angeblich in ein größeres Ganzes paßte. Das große Ganze, das sie nicht kannten, an das sie aber glaubten.

Steven verteidigte das Spiel. Wenn man einmal die Existenz von Machtblöcken akzeptiert habe, die über das Treiben des jeweils anderen Bescheid wissen wollen, müsse man sich auch damit abfinden, daß es Nachrichtendienste gibt. Und dann komme man nicht daran vorbei, ein kompliziertes System von Regeln zu akzeptieren. Wirklichkeit? Wer könne überhaupt sagen, daß er ihr auf den Grund komme, wer bestimme, was Phantome seien und was nicht? Beim Geheimdienst werde einem erst klar, daß es gar keine Wirklichkeit gebe. Wenn man im Hinterhalt liege, erkenne man erst richtig, daß die sogenannte Wirklichkeit eine zufällige Ansammlung von Fragmenten sei. Niemand verstehe irgend etwas, niemand. Auch der kleinste Bruchteil des eigenen Daseins passe nirgendwo in ein größeres Ganzes. Es gebe kein größeres Ganzes, gerade die Vorstellung, es gebe ein Ganzes, sei ein Phantom. Im Nachrichtendienst arbeite man streng isoliert, es gebe keinerlei Verbindung zu einem anderen, und das sei auch gut so. Stevens Argumentation war oft logisch und intelligent, aber es fehlte ihm doch etwas darin. Der Traum, den er immer geträumt hatte: daß es in seinem Leben wesentliche Zusammenhänge gäbe, die er irgendwann entdecken würde. Die vage Hoffnung, daß irgendwie Spuren eines Plans zu finden wären. Aber er stieß bei sich allein auf alte Spuren, eine Wildnis aus Erinnerungen. Budapest war eine Gedächtniskulisse, in der er immer wieder seinem Vater begegnete. Sein Vater war die konstante Größe, die Erinnerung an ihn bildete die einzige Verbindung in seiner Anhäufung von Träumen und Gedanken. Es war, als würde ohne den Tod seines Vaters nichts mehr übrigbleiben.

»Ich habe dich gestern überall gesucht! Wo bist du gewesen?«

Ellen stürzte sich auf ihn, als er den Balkon betrat.

»Im Hungaria, eurer eigenen bourgeoisen Vergangenheit«, antwortete er, und es klang fröhlicher, als es hatte klingen sollen. Er wich Ellen ein bißchen aus, seit sie sich auf der Tanzfläche ihres Hotels beunruhigend nah an ihn gedrängt hatte.

»Weißt du, wen ich ausgerechnet in der U-Bahn getroffen habe? Vera, das Mädchen von den Szëbös, das du so gern wiedersehen wolltest. Sie hat mir ihre Telefonnummer gegeben.«

Jetzt fiel ihm ein, daß er mit Ellen im Flugzeug über sie gesprochen hatte. Er nahm den Zettel mit der Nummer.

»Und ich hab auch das Interview mit dem Kulturminister für dich verabreden können. Das wolltest du doch?«

Sie war wirklich durch nichts aufzuhalten, eine unermüdliche Zigeunerin. Er dankte ihr und beschloß in die Stadt zu gehen. Er nahm den kürzesten Weg zur Donau, ging über die Erzsébetbrücke und stieg ziemlich schnell zu einer alten Burg hinauf, die teilweise zu einem Café umgebaut worden war. Draußen am Geländer standen Stühle. Schräg unter ihm strömte der Fluß in vollkommener Ruhe dahin und nahm das Getöse der Straßen und Kais in sich auf.

An Tagen wie diesem, Oktobersonne in einem Vakuum zwischen Herbst und Winter, rückte der Horizont ins Unendliche. Auf der Anhöhe, auf der er haltgemacht hatte, konnte er von der Aussicht nicht genug bekommen. Er schaute und spürte, wie Vergangenheit und Gegenwart ineinanderzufließen begannen. Es gab keine Zukunft, er beherrschte die Zeit.

Mit den Händen schirmten sie die Augen gegen die grelle Sonne und das Flimmern des Wassers ab und spähten zum Ufer gegenüber. Sein Vater hatte eine Glocke geläutet, die in einem Holzkasten hing; in dieser Art von Kasten war, nur etwas weiter südlich, ein Kruzifix befestigt. Sie wollten sich über den Waal übersetzen lassen, ihren Waal, sie kannten alle Dörfer an seinen Deichen. Sie hatten auf seinen Buhnen geangelt und an den überraschend weißen Stränden geschwommen. Sein Vater war in Gorkum aufgewachsen, Maas und Waal waren der Jordan, in dem er auch seine Kinder getauft hatte. In der Ferne lag die Ziegelbrennerei. Die Fähre löste sich vom Ufer, ein Arm winkte hinter dem Fenster des Steuerhauses, innerhalb von fünf Minuten würde das Boot da sein. Er blickte zur Seite. Das Gesicht seines Vaters war alt geworden, von seiner hartnäckigen Krankheit gezeichnet. Der Rauch seiner Zigarette kräuselte sich zwischen ihnen.

»Laß uns noch mal Loevestein besuchen. Die Touristen sind weg, es ist jetzt wunderschön dort.«

Sein Vater nickte. Das Wasser stand hoch. Die Fähre,

die sie an Bord genommen hatte, fiel mit dem Strom zurück und beschrieb einen weiten Bogen zum gegenüberliegenden Landungsplatz. Sie fuhren über den Deich an Brakel vorbei, Richtung Loevestein. Das Vieh war noch draußen. Ziegen drehten am bewachsenen Winterdeich ihre Runden. Manchmal hoben Bauern irgendwo auf Feldern oder Weiden langsam eine Hand zum Gruß. Er hätte den Weg im Schlaf gefunden. Quer durch die Felder über einen Sandweg voll riesiger Löcher, der nach und nach in einen Asphaltweg überging. Auf beiden Seiten davon überall kleine Weiher und Tümpel, mit Teichrosen bedeckt. Pferde liefen in kurzem Galopp neben ihrem Wagen her, bis sie am Ende ihrer Weide haltmachen mußten. Ganz in der Nähe des Schlosses kreuzte ein schmaler verrosteter Schienenstrang den Weg. Und dann, in einem weiten Ring aus Pappeln und Buchen, Loevestein. In der Straße mit den halb restaurierten Häusern innerhalb des Walls herrschte Totenstille. Ihre Schritte hallten. Niemand war zu sehen, nicht einmal der Wärter zeigte sich. Ein Maulbeerbaum mit Früchten, aus denen Blut spritzte, wenn man sie drückte, markierte das, was er seinem Vater zeigen wollte. Ein Turm, nicht mit dem Hauptgebäude verbunden, mit freier Sicht auf den Fluß. Sie stiegen nach oben bis zum Fuß einer Leiter, die zu einer Luke im flachen Zinkdach führte.

»Ich hoffe, die Sache bleibt ein Vergnügen«, meinte sein Vater.

»Wirst schon sehen. Nimm am besten deinen Hut ab, es ist eng hier.«

Er öffnete die Luke, trat auf das Dach und reichte seinem Vater die Hand, um ihn auf dem letzten Stück hochzuziehen.

Einmal hörte er ihn »großartig« murmeln, aber sonst schwiegen sie, minutenlang. Die Landschaft, die sie sahen, war ihre Heimat, hier gehörten sie hin. Auf zwei Seiten der Fluß, das Hochwasserbett mit seinen Buhnen, die wie Zeigefinger ins Wasser ragten, die eintönigen Rufe eines Kuckucks in der Nähe. Sie lauschten dem Schweigen zwischen den Lauten, sie hörten Schiffe mit einem kurzen Gruß des Signalhorns aneinander vorbeifahren.

Sein Vater hatte den Hut wieder aufgesetzt. Der Rand warf einen Schatten auf sein Gesicht. Trotz des hellen Tageslichts sah es so aus, als wäre sein Vater auf dem Weg ins Dunkel. Sie sahen Gorkum in der Ferne liegen, Woudrichem, Brakel, Vuren, Poederoijen. Einige Möwen segelten träge vorbei. Plötzlich nahm sein Vater ein paar alte Kekse aus der Manteltasche und warf sie den Möwen mit einer schnellen Bewegung genau in den Schnabel.

»Gehen wir.«

Vor einigen Tagen war der Kongreß beendet worden. Festreden, Empfänge, Diners. Ma'tya's pince, Fekete Holló, Bajkèl, das waren die unaussprechlichen Namen von Cafés, in denen sie bis tief in die Nacht saßen. Er bildete sich ein, daß die paar Leute, mit denen er losgezogen war, so ungefähr die einzigen außer ihm waren, die sich nichts vormachen ließen. Ein Engländer, ein Ostdeutscher, ein Ungar und zwei Niederländer. Es war vor allem der Ostdeutsche, der jedes Gespräch unter

Spannung setzte. Ein unauffälliger Mann, aber unmißverständlich in all seinen Äußerungen. Jemand, der beschlossen hatte, mit fünfundfünfzig Jahren keine Umwege mehr zu gehen, sondern zu sagen, was er zu sagen hatte. Ihn schüchterte man nicht mehr ein. Das bedeutete allerdings nicht, daß er sich für den Westen entschieden hätte, er wollte einen anderen Osten. Dieser Mann verunsicherte ihn mehr, als er sich selbst eingestehen wollte. Er bewunderte das Unbeugsame an ihm, merkte, wie er seine Vergangenheit beiseite schob und vorwärtsging, bis an die Zähne bewaffnet. An einem der Nachmittage, an denen sie auf einer Terrasse am Kossuthplatz Tee tranken, sagte er: »Man darf nicht vergessen, daß im Leben irgendwann mal ein Augenblick kommt, in dem man all seine Freiheit aufgeben muß, um eine Wahl zu treffen. Und wenn dieser Augenblick nicht kommt, braucht man nicht mehr zu sterben, dann war man schon tot.«

Die Predigt eines Kommunisten? Freiheit, Tat, Tod, in welchen Kategorien dachten diese Menschen? Der Verkehr um sie herum tobte weiter, er beobachtete das Treiben von Tauben zwischen geparkten Autos, und dabei überlegte er, wie weit er von dem Leben entfernt war, von dem dieser Deutsche sprach. Einem Leben ohne Ausflüchte, ohne Melancholie, ohne zärtlich gehegte Vergangenheit.

Auch die anderen am Tisch hatten geschwiegen.

Die Kongreßteilnehmer waren wieder in alle Richtungen auseinandergegangen, er war als einziger in der Stadt geblieben. Ellen hatte ihm eine Handvoll Zettel mit Adressen gegeben. Budapest wirkte jetzt noch schöner. Der Nachsommer hielt an, und er durchwanderte die Innenstadt auf festen Routen. Für weite Entfernungen nahm er die Straßenbahn.

Wie an dem Abend, an dem er in den Staatszirkus wollte. Es war dämmerig geworden. Er bestieg eine Straßenbahn, und alles, was er sah und berührte, war ihm durch und durch vertraut. Es gab nur wenige Fahrgäste, die Fahrerin, stehend im Fahrerstand, war durch einen Vorhang vom Rest getrennt. Es war eine exakte Kopie der Straßenbahnen, mit denen er früher manchmal zur Schule gefahren war. Die kahlen Lampen an den Seitenflächen, die Sitze mit lädiertem schwarzem Kunstleder – diese Straßenbahnfahrt rüttelte ihn mühelos in seine frühesten Jahre: Ladenstraßen, an einem Gemüsegroßmarkt vorbei, einem Markt mit schon halb abgebrochenen Ständen, auf dem man noch schnell etwas kaufte. Dämmerlicht, lange Reihen von Häusern, farblos, offene Fenster, aus denen sich Frauen lehnten, um mit den Nachbarn zu reden. Unwandelbar, zeitlos, vorbei, bevor man es gesehen hatte, ein kleiner Kosmos von Gebärden. Es wirkte sinnvoll, wie es da am Auge vorbeischoß, und ließ einen in Ruhe.

Er fuhr bis zur Endhaltestelle mit und fand sich beim Aussteigen auf dem Gelände eines Straßenbahndepots. Der verlassene Wagen wartete mit ausgeschalteten Lampen auf die Rückfahrt. Der Schaffner hatte ihm gezeigt, in welcher Richtung der Zirkus lag, und er ging los. Der lange Weg, der vor ihm lag, gab ihm plötzlich das Gefühl, allein zu sein in einer fremden Stadt. An dem Außenbezirk, in dem die Straßenbahn ihn abgesetzt hatte, war nichts Freundliches. Das Behagliche der schaukelnden Bahn war verschwunden. Düstere Häuser wechselten sich mit zugemauerten Läden und kleinen Fabriken ab. Auf der anderen Straßenseite konnte er den erleuchteten Eingang eines Krankenhauses erkennen.

Langsam ging er weiter, und Gedanken an die Erlebnisse dieses Nachmittags nahmen ihn mit unwiderstehlicher Kraft in Beschlag.

Um zwei Uhr hatte er sich von einem Taxi zum Kulturministerium bringen lassen, wo er den Minister interviewen sollte. Er betrat das Gebäude, aber auf der Suche nach jemandem, der ihm den Weg zeigen könnte, landete er immer wieder in Fluren, die nicht weiterführten. Es wunderte ihn, daß es keinen Pförtner gab, der ihn hätte ankündigen können. Er war noch immer nicht viel weiter, als ihm eine Frau in einem grauen Kostüm entgegenkam. Sie nahm ihn mit und öffnete irgendwo eine Tür. Sie war, wie sich herausstellte, die Dolmetscherin bei dem Gespräch.

Ein Mann kam hinter seinem Schreibtisch hervor, einem leeren Schreibtisch in einem fast leeren Zimmer, das die Ausmaße eines Saals hatte. Die Ledersofas, in denen sie sich niederließen, schienen gerade aus einem Schaufenster geholt worden zu sein.

»In Prag ist soeben ein Prozeß gegen Mitglieder der Charta 77 eröffnet worden, wie stehen Sie dazu?«

Er hatte einen längeren Anlauf zu dieser Frage nehmen wollen, aber jetzt stellte er sie sofort, als hätte er Angst, sie zu vergessen. Der Ungar blickte ihn freundlich nichtssagend an.

»Woher haben Sie diese Nachricht, ich weiß davon nichts.«

»Aus der Herald Tribune von gestern.«

Er kaufte die Zeitung meistens im Astoria, wo er jeden Tag Kaffee trank. Das Astoria war ein Zentrum unkommunistischer Umtriebe. Schwarzhändler, Prostituierte, Geldwechsler, reiche Araber, die dort Geschäfte machten, ein interessantes Hotel.

»Ach, die Herald Tribune. Und Sie glauben das ohne weiteres? Ich nehme an, daß es nicht stimmt, aber wenn ein Prozeß geführt werden sollte, läge die Verantwortung ganz bei den Tschechoslowaken, wir haben damit nichts zu tun.«

Er stellte sich die Wut vor, die seinen Vater bei solchen Ausflüchten überkommen hätte.

»Amnesty International schätzt die Zahl der politischen Gefangenen in Ihrem Land auf zweihundert. Wie reagieren Sie auf diese Vorwürfe?«

Der Minister wollte gerade antworten, als ein dröhnendes Rattern das Zimmer füllte. Direkt vor dem offenen Fenster bohrte jemand Löcher in den Asphalt. Es war das Geräusch eines Maschinengewehrs. Der Minister stand auf und schloß die Fenster, aber der Lärm wurde dadurch kaum schwächer. Als er zu seinem Platz zurückging, kam die vorgekaute Antwort: »In Ungarn gibt es keine politischen ...«

Es gelang ihm nicht mehr zuzuhören, seine Konzentration verlagerte sich auf einen tief im Gedächtnis verborgenen Abend, den er nur ganz selten bis ins Bewußtsein vordringen ließ. Sicher lag es an diesem dröhnenden Bohrer. An dem Minister, der redete und redete.

Das Telefon klingelte. »Für dich«, jemand überschrie die monotone, aber eindringliche Musik von Butch Cassidy and the Sundance Kid, »für dich!«

Er nahm den Hörer und bedeckte sein anderes Ohr mit der Hand. Er hörte eine Frauenstimme.

»Ein Glück, daß ich dich endlich gefunden habe, ich konnte dich zu Hause nirgends erreichen. Vater ist ins Krankenhaus gebracht worden, er wollte, daß du kommst. Fahr bitte direkt zum Hafenkrankenhaus, es scheint mir ziemlich ernst zu sein.«

Jemand bot ihm lächelnd ein Glas Bier an, man sah ja, daß er keine Hand frei hatte. Er erwiderte das Lächeln, schüttelte den Kopf, und es wurde ihm klar, daß er hundert Kilometer von der elterlichen Wohnung entfernt war.

»Was ist denn, ist er tot?«

»Nein, nein, genau weiß ich es nicht. Ein Rettungswagen hat ihn vor einer halben Stunde abgeholt. Im Treppenhaus hat er zu mir gesagt, ich soll euch anrufen. Er lag auf einer Trage und sah ruhig aus.«

Innerhalb einer Minute saß er in seinem Wagen. Es war kalt. Alte Schneereste lagen noch im Wald von Austerlitz, durch den er jetzt raste. Die Auspuffgase hingen wie große weiße Schmetterlinge in seiner Spur. Überall in seinem Innern spürte er ein Klopfen. Er redete laut mit seinem Vater, hämmerte mit den Händen aufs Lenkrad, hieb mit der Faust aufs Armaturenbrett und wiederholte während der ganzen Fahrt den einen Satz: »Halt durch, halt durch.« Und darunter, auf der ruhigen Fläche seiner Intuition, das Klopfen der Worte: Er ist tot, er ist tot, als sei dies gewiß. Austerlitz – Rotterdam, eine Todesfahrt. Ein Rennen gegen die Zeit, eine Unmöglichkeit. Er fuhr durch die Kurve am Oostplein, das Hafenkrankenhaus tauchte im abendlichen Dunst auf. So viele Male war er hier schon gewesen, um seinen Vater zu besuchen, der hier Stammgast war. Er riß die Tür seines Wagens auf, rannte zum Haupteingang und sah als erstes seinen Bruder, der ihm ein paar Schritte entgegenkam und seine Hände in einer hilflosen Geste in die Höhe hielt. Er sah die Tränen auf seinem Gesicht, sah die hellerleuchtete Halle mit einem geschlossenen Blumenstand. Er sah seine Mutter, still und bleich. Sie nahm ihn zu einem Zimmer gleich hinter der Pforte mit. Eine Schwester sagte: »Sie dürfen ganz kurz hinein.« Da lag sein Vater, still und bleich wie seine Mutter. Er legte ihm eine Hand auf die Stirn. Sie war kalt, erschreckend kalt. Das Gesicht über dem Laken drückte eine Entschuldigung aus. Daß er den Tod nicht hatte aufhalten können, daß er jetzt nicht mehr sprechen konnte, daß seine Hände... Die Schwester ließ sie nicht länger bleiben. Merkwürdige Regeln, nun waren sie gerade hier, und wen konnten sie eigentlich stören?

Am Nachmittag war ihm so heiß, so schrecklich heiß geworden, erzählte seine Mutter. Das war der Klagegesang, der Totengesang, der letzte Tag, die letzte Stunde, der letzte Augenblick. Er hatte einen Spaziergang gemacht, um die Hitze loszuwerden. Er sollte für immer die Kälte in sich aufnehmen. Beim Essen hatte er nicht viel gesagt. Die Hitze war verschwunden, aber er wollte sich doch lieber ins Bett legen. Und dann, diktiert aus unbekannten Regionen, Übelkeit, Schmerzen, noch einmal widersetzte sich der Körper. Er hatte den Notdienst rufen lassen. Als Männer mit einer Tragbahre ins Schlafzimmer gekommen waren, hatte er ihnen noch geholfen, war kurz von der Trage gestiegen, die sie schräg halten mußten, um durch die Türöffnung zu kommen. Seine letzten Schritte. Im Treppenhaus hatte er den Kopf gehoben und gesagt, daß man seine Söhne verständigen solle. Seine letzten Worte. Er wurde in den Rettungswagen geschoben, vielleicht lebte er da schon nicht mehr. Einer der Sanitäter hatte mit den Händen heftig auf sein Brustbein gedrückt, gedrückt, gedrückt. Dabei können Rippen brechen. Das Durchwalken eines Körpers, der nichts dagegen tun kann. Er hörte seiner Mutter zu, dem Totengesang, dem Klagegesang aus heiligen Formeln, bis zum Endpunkt. Ihre Erzählung brach ab. Er blickte sich im Wohnzimmer der elterlichen Wohnung um und sah, daß der Weihnachtsbaum nadelte. Es roch leicht nach Mandarinen, Schalen lagen auf dem Rand seines Aschenbechers. Es war der 29. Dezember, ein Tag, der nirgends hingehörte, eine Atempause im Jahreslauf. Oder ein Tag, an dem man nicht mehr weitermachte. Er zündete willkürlich ein paar Kerzen an und sprach etwas, das einem Gebet glich. Zaubersprüche eines Regenmachers, Kaddisch eines Juden, lateinische Formeln eines Katholiken, nichts anderes als ein Wort, ins Dunkel hineingestreckt: Vater, hier bin ich, wo bist du?

Der Minister gab risikolose Antworten auf die Fragen, die er ihm vorlegte. Das ununterbrochene Dröhnen und Rattern hatte ihn ganz klar und alarmbereit werden lassen. In seinem Inneren lief der Film vom Sterben seines Vaters ab, und gleichzeitig blickte er den Minister an und befragte ihn mit einer gewissen Schärfe. Der Besuch hatte eine Stunde gedauert, er hatte sich ernst seine Notizen gemacht und die Dolmetscherin ab und zu eine Bemerkung wiederholen lassen. Alles war wie bei einem richtigen Interview, aber er wußte, daß er nichts daraus machen würde. Der Mann ließ sich nicht aus seiner Reserve locken, er reihte Phrase an Phrase. Als er das Ministerium verließ, stellte er fest, daß der asphaltierte Platz vor dem Gebäude ein einziges großes Loch war.

Der Abend war auffällig dunkel in diesem abgelegenen Bezirk. Er ging durch die ausgestorbene Straße und hatte jedes Gefühl für Richtung verloren. Das Gespräch mit dem Minister, der Todestag seines Vaters, alles verwirrte ihn. Er blieb einen Moment stehen und sah, daß schräg hinter ihm ein Wagen vor dem Eingang eines Krankenhauses hielt. Ein Mann ging ohne Hast hinein, er konnte ihn durch die Glastüren noch ein Stück gehen sehen. Der Zirkus, zu dem er unterwegs war, kam endlich in Sicht, aber er mußte sich zwingen weiterzugehen. Zum ersten Mal sehnte er sich, nach Hause zu kommen. Als er das Zirkusgebäude erreichte, beschloß er Vera anzurufen, er hatte keine Lust mehr, sich die üblichen Spielchen mit Tigern und biegsamen Damen anzusehen. Am nächsten Morgen würde er nach Amsterdam zurückfliegen, bis zuletzt hatte er geschwankt, ob er mit der jungen Frau aus der Botschaft Kontakt aufnehmen sollte. Er wählte ihre Nummer, und eine Stimme sagte etwas Unverständliches. Er nannte seinen

Namen. Es war Vera. Ja, sie hatte von ihm gehört und würde ihn gerne treffen. »Ich übe heute abend mit einer Tanzgruppe im Gymnasium in der Kondorstraße, wirst du das finden?«

Er würde schon hinkommen. Ihre Stimme hatte freundlich geklungen, manchmal hatte er ihr Englisch laut ergänzt. Es war halb neun, sie hatten sich für zehn Uhr verabredet. Die Eingangshalle, in der er telefoniert hatte, war leer, ein paar verspätete Besucher hasteten die Treppen hinauf. Die Vorstellung mußte angefangen haben, denn er hörte gedämpftes Trompetenschmettern.

Er bog in eine Straße ein, die abwärts führte. Der Zirkus lag auf einem Hügel, auf dem Hinweg hatte er das nicht gemerkt. Es war windstill, der Himmel schwarz und ohne Sterne. Anscheinend wohnten wenig Menschen in diesem Bezirk, die schlechte Beleuchtung ließ alle Umrisse verschwimmen, und wo die Straße aufgerissen war, mußte er aufpassen, um nicht zu stolpern. Er hielt sich an einem eisernen Geländer am Rand der Straße fest. Dahinter fiel der Hügel plötzlich steil ab, wie weit, konnte er nicht erkennen. Die Sträucher, die auf dem Rand der Böschung wuchsen, waren verwildert. Er kam zu einem Weg, der von der Straße wegführte, und ein Restaurant in einem Holzhaus lag vor ihm. Über der Tür hing das Reklameschild einer lokalen Biermarke, das im Licht eines kleinen Scheinwerfers deutlich zu erkennen war. Er hatte Hunger und ging hinein. Ein kahler Raum mit ein paar Stühlen und gedeckten Tischen auf einem Podest. Er nahm sich einen Stuhl und wartete regungslos auf die Bedienung. Seine

Reise war zu Ende, Budapest war für ihn zu einer Vaterstadt geworden. Später würde er wohl wiederkommen und versuchen, alles noch einmal zu erleben. Seine Leidenschaft für die Vergangenheit beherrschte auch seine Zukunft. Das mußte er endlich ändern, er konnte sein Leben doch nicht immer weiter vor sich herschieben, indem er nur auf das zurückblickte, was gewesen war.

Er sah sich den Mann, der aus der Küche auftauchte, genau an. Ein Ungar, den er nie mehr sehen würde, ein Fremder, der einen Augenblick im Licht eines Scheinwerfers stand und sich wieder in Schatten auflösen würde. Menschen gehörten zur Ausstattung der Welt, sie waren da, aber man kannte sie nicht. Sie existierten, aber man hatte keine Verbindung zu ihnen, sie hatten keine bleibende Form oder Gestalt. Es war ein großes Schattentheater mit einer Sonne und einem Mond darüber. Phantome, ein Wayang-Spiel. Morgen würde er nach Hause reisen, mit nichts als Empfindungen.

Die Stewardeß der Malev-Linienmaschine nickte ihm zu. Er nahm es als Ermutigung. Ein ähnliches Propellerflugzeug wie beim Hinflug, nur noch klappriger, wenn das überhaupt möglich war. Aber es flog. Er hatte Vera gesucht, Vera, die er vor Monaten hatte tanzen sehen. Es war eine jener zahllosen Szenen gewesen, die auf der Netzhaut landen und früher oder später wieder verschwinden, so stark der Eindruck auch sein mag. Aber so unvernünftig wie jemand, der seinen Verlust nicht ertragen kann, hatte er die alte Rührung zurückholen wollen. Er hatte ein Taxi zur Kondorstraße genommen. Der Fahrer wußte nicht genau, wo das Gymnasium lag, und hatte ihn mitten in der Straße abgesetzt. Schon bald sah er ein Gebäude, das nichts anderes als eine Schule sein konnte. Ironie der Verhältnisse, daß es etwas wie ein Gymnasium gab in einem sozialistischen Land. Die hohe Dosis an elitärem Stoff, die da zu verarbeiten war, fand man in seinem eigenen Land schon fragwürdig. Aber kein Zweifel, das Gymnasium existierte, und im Treppenhaus roch es unverwechselbar nach Schule. Nirgendwo brannten Lampen, sein einziger Orientierungspunkt war ein rotes Lämpchen mit der Aufschrift »Exit«: Ableitung aus dem Lateinischen, es zeigte an, daß er am richtigen Ort gelandet war. So hoffnungslos er sich im Kulturministerium verirrt hatte, so mühelos fand er den Weg durch diese Schule. Er öffnete die Tür zu einem Raum, der wie ein Aquarium in rosafarbenes und blaues Licht getaucht war. Auf den Bänken saßen Jungen und Mädchen, die Popmusik hörten. Jemand rief ihm etwas zu. Als er neben den ansteigenden Sitzreihen weiter nach oben ging, hörte er das Klopfen von Füßen auf einem Holzboden. Die Treppe führte zu einem kurzen Flur. Er sah eine Turnhalle in hellem Neonlicht, Sprossenwände, Gitterleitern, Ringe und Sprungbretter. Im Schatten des Durchgangs blieb er stehen, das Licht aus der Halle kam nicht bis zu ihm. Und da, zwischen Dutzenden von Tanzenden, entdeckte er sie. Auch sie tanzte. Sie tanzte wie in der Botschaft, nur diesmal ohne Musikbegleitung. Ihre Beine waren nackt, sie trug ein Ballettrikot mit weiten Ärmeln. Er fand sie schön, schöner, als er sie in Erinnerung hatte. Während er ihr zusah, spürte er wieder diesen unbestimmten Schmerz. Das kalte Licht der Neonröhren konnte ihr nichts anhaben. Sie schien sich selbst auszuweichen, bewegte sich fast träge, aber ohne jede Verlegenheit. Und er, im Dunkel des Flurs, hob langsam seine Hand und winkte. Sie sah ihn nicht. Er drehte sich um, schloß einen Moment die Augen und ging hinaus.

Zurück.

»Später kannst du dann erzählen, daß du Piggott noch hast reiten sehen«, rief Terpstra ihm zu, während überall um ihn herum das Geschrei zunahm.

»In Holland weiß niemand, wer das ist, und wenn du ihn mir jetzt nicht zeigst, weiß ich es auch nicht«, antwortete er; seine Stimme überschlug sich.

Als große ovale Schleife lag die Rennbahn in der englischen Landschaft. Schon in einiger Entfernung begann alles auf heiligen Boden hinzudeuten. Straßen näherten sich behutsam aus verschiedenen Richtungen, aber nirgendwo nagte der Verkehr am Herrschaftsbereich der Pferde.

Goodwood, Sussex. Der Duke of Richmond wohnte dort seit Menschengedenken, das heißt seit ein paar Jahrhunderten. Noch nie hatte er ein Rennen aus der Nähe erlebt, und gerade darum war es für ihn eine besondere Sensation. Mitten unter lässigen Männern und Frauen standen Terpstra und er auf der Haupttribüne. Ein flinker kleiner Mann telegraphierte mit zirkusreifen Händen einem Kumpel in einiger Entfernung den Stand der Wetten. Zu Beginn jedes neuen Rennens bewegten sich die Massen diszipliniert zum Rand der Bahn. Und das Geschrei begann, Namen von Pferden, Namen von Jockeys. Es schwoll an, das dumpfe Trappeln der Hufe, das große Schnauben. Er schrie mit, ohne Verlegenheit, verfolgte mit den Augen gespannt seinen

Favoriten. Es gab ein Stoßen und Ziehen, ein Peitschenschlagen, es wurde ausgespuckt und geschimpft. Die Pferdeleiber schwitzten, Schaum auf den Flanken, die Knie bandagiert. Dann das Ziel, das die enorme Geschwindigkeit sofort abbremste.

Terpstra blickte ihn an. Seine von Natur aus roten Wangen waren fast blau. »Verloren.«

Er trat ins Park House Hotel. Zu Hause. Terpstra hatte ihn mit dem kleinen Austin abgeholt und zurückgebracht. Er mochte ihn, ganz ohne Grund. Ein etwas grobschlächtiger Mann, Gutsbesitzer in Südengland, lachte zu laut, schlenkerte zuviel mit den Armen, verbarg seine Gefühle. Er fuhr wie eine gesengte Sau. Vor jeder Kreuzung gab er Gas, statt zu bremsen. Dem Anschein nach ein kerngesunder Typ.

Die Tür mit dem runden Knauf fiel hinter ihm zu. Park House, Bepton. Er kannte dieses Landhaus aus der Zeit Edwards VII. bis in die kleinsten Details. »Details sind die Nervenbahnen des Wahren. Beschreibe das Haus, beschreibe die Pflanzen, beschreibe die Vögel. Sag nicht ›da fliegt ein Vogel‹, lerne ihre Namen, lerne ihre Stimmen kennen, ihre Farben, lerne zu unterscheiden – das ist das oberste Gesetz des Schreibens.« Ione O'Brien erzählte von einem englischen Autor, der ganze Abende lang solche Vorträge gehalten hatte. Sie war die Eigentümerin des Hotels, und dies war eine der wenigen Gelegenheiten, bei denen er sie von einem ihrer Gäste sprechen hörte.

Es war sieben Uhr abends. Alles, was im Hotel zu Gast oder zu Hause war, fand sich im Zimmer mit der

Bar ein. Die Wände waren von oben bis unten vollständig mit Fotos bedeckt. Eingerahmtes Leben. Gäste, Verwandte, Besucher, Indien, Churchill, Prince Charles, ihr Mann, »the Major«, Kricketmannschaften, Polospieler: das britische Empire hinter Glas.

»Im letzten Spectator steht ein brillantes Plädoyer für die Vergrößerung unserer Atomflotte« – der Satz blieb in der Luft stehen wie ein Kolibri.

»Solange der Klempner es nicht schafft, unseren Abfluß zu reparieren, bin ich, glaube ich, nicht dafür«, meinte die Gastgeberin. Der kleine Raum füllte sich. Jeder wurde jedem vorgestellt, Neuankömmlinge fanden sich in eine blitzschnell zusammengefügte Familie aufgenommen. Ione war fünfundsiebzig. Breit, massig, mit Kleidern aus verflossenen Jahren, der Lippenstift nicht immer genau an der richtigen Stelle. Sie kochte mit einem Glas Whisky in der linken Hand und hatte eine feinsinnige Art, die Menschen miteinander zu verknüpfen. Ihre dicken krummen Finger hatten früher einmal eine Konservatoriumsausbildung genossen. Aber aus Indien zurückgekehrt, nach der Unabhängigkeit, mit einem Mann verheiratet, der von den indischen Kolonialtruppen in Pension geschickt worden war, hatte sie Park House gekauft. »Wir mußten doch irgend etwas tun, wir hatten kein Geld, keine Stelle, liehen uns Geld von meinem Vater und machten das Hotel auf.« Stimmen mit exotischen Akzenten füllten den Raum. Jedes Jahr andere Stimmen, andere Gesichter, neue Geschichten, neue Kurzzeit-Freunde. Wo Ione auftauchte, im Speisezimmer, im After-Dinner-Room, am Tisch mit Tee und Kuchen, verschwand die Alltagsabneigung gegen Kontakt mit Fremden. Der Geruch des Mobiliars, die blaßroten Wände, die antiken Eßtische, die Zeitschriften im Aufenthaltsraum, die Tennisschläger in der Eingangshalle – alles gab einem das unbeschreibliche Gefühl des Nachhausekommens.

Er kam schon seit fünfzehn Jahren in dieses Hotel, hatte hier alle Jahreszeiten erlebt. Sein angestammtes Zimmer lag im oberen Teil des Hauses.

Nach den Drinks, vor dem Essen, saß er noch ein bißchen an seinem Fenster. Der warme Spätsommer lag über dem Garten, die Sonne war hinter den Hügeln versunken. Direkt unter ihm lagen zwei Tennisplätze, Rasenplätze, von Netzen statt von Hecken umgeben. Rosen wuchsen neben einem Rasenstück, auf dem Krocketpflöcke und -tore eine ferne Jugendzeit heraufbeschworen. Hotel und Garten lagen zwischen Getreidefeldern und Mais eingeklemmt. Generationen von Gärtnern hatten hier schon das Gras gemäht. Die Stille wurde durch den unhörbaren Flug eines Bussards über den Weiden noch betont. Er folgte dem dunklen Vogel mit den Augen von Baum zu Baum, scharf hob sich der Greif vom schwarzblauen Horizont ab. Zwischen Licht und Dunkel, Nachmittag und Abend, der zögerlichste Augenblick des Tages, Gleichgewicht zwischen Ergebung und Entfremdung.

Sein Vater hatte im letzten Sommer seines Lebens im Park House gewohnt. Ione und sein Vater hatten sich gleich gefunden, erzählte sie ihm Jahre später.

Rasche Integration ins englische Landleben. In langer weißer Tennishose organisierte er zusammen mit dem Major Wettkämpfe für die Gäste. »Okker« nannte ihn der Major, oder »Dutchman«. Terpstra war auch dabeigewesen, aber der hatte eine englische Frau und zählte deshalb nicht als Niederländer. Wer nicht spielte, saß auf Bänken entlang der gekalkten Linien des Platzes. Der Major feuerte alle an, und die Spieler gingen bis an die Grenze ihrer Kraft, um den Zuschauern zu imponieren. Weiße Hüte, Spazierstöcke, geflüsterte Gespräche und der dumpfe Klang des Tennisballs. Aus der Ferne war das Rasseln einer Mähmaschine zu hören, hinter den South Downs stieg die Sonne ihrem höchsten Stand entgegen. Hochsommer, die Welt zusammengeballt in eine knappe Stunde Tennis auf einem Rasenplatz in Südengland. Sein Vater lachte, wischte sich mit einem Taschentuch die Stirn und brachte den Ball mit einem Stop knapp hinters Netz. »Well done, Okker, well done!«, der Major stand auf und verordnete Tee. Er winkte den Dutchman herbei, der sich kaum noch auf den Beinen halten konnte. Sein Vater hielt sich am Netz fest, entschuldigte sich, setzte sich auf eine Bank, offensichtlich erschöpft. Eine unnatürliche Müdigkeit, Hitzegefühle in Hals und Gesicht. Er war jetzt neunundfünfzig. Zu früh zum Sterben.

Er saß einfach da, starrte aus dem Fenster. Die Szenen, die dem Tod seines Vaters vorangegangen waren, die Signale, die Vorzeichen, die unverhofften Anläufe, er rekonstruierte sie an Orten, von denen er wußte, daß sein Vater dort gewesen war. Kleine Teile eines Puzzles, einer Wirklichkeit, die es vielleicht nie gegeben hatte, bestimmt nicht gegeben hatte. Erinnerungsfetzen, unnütze Träume. Unten öffnete sich eine Tür, und einer der Gäste ging mit einem Golfschläger zu einem millimeterkurz geschnittenen Fleckchen Rasen, um Einlochen zu üben. Nach einiger Zeit hörte er das leise »Plock« eines Golfballs im Loch. Er kannte das Spiel, genoß es, verabscheute aber die dazugehörige Atmosphäre. Er hatte früher in Noordwijk aan Zee auf einem Platz in den Dünen gespielt. Und einmal, während eines Turniers, hatte er ihn näherkommen sehen. Er konnte es kaum glauben. Mitten über das riesige Gelände, die Hand an seinem Hut, kam sein Vater, um zu sehen, wie sein Sohn spielte. Er ging quer über die Bahnen, gegen alle Regeln, manchmal verschwand er hinter einer Düne, kam er aus Gesträuch hervor. Er selbst stand auf einem der höchsten Dünengipfel und konnte seinen Vater mit den Augen verfolgen, hügelauf, hügelab. Er sah ihn kommen, nicht ahnend, daß er die affige Etikette mit Füßen trat. Die ganze Landschaft zog sich auf einen einzigen Punkt hin zusammen: seinen Vater, wie er da auf ihn zukam.

»Läuft's?« fragte er nur, als er, etwas außer Atem, den Abschlagplatz erreicht hatte. Die Mitspieler sahen ihn verärgert und verblüfft an.

»Scheint mir ein schönes Spiel zu sein«, fügte er noch hinzu.

Prompt gelang ihm kein guter Schlag mehr. Sein Vater merkte es, klopfte ihm auf die Schulter und sagte: »Wenn es mal besser klappt, mußt du mir Bescheid sagen«, und machte sich auf den Rückweg, genau so, wie er gekommen war. Über Dünen, quer über die Bahnen. Es hatte angefangen zu regnen, und er hatte einen Schirm aufgespannt. So entfernte er sich aus seinem Gesichtskreis, einmal noch ragten Hut und Regenschirm hinter Gebüsch hervor, dann nichts mehr. In diesem Moment wurde ihm bewußt, daß sein Vater einsam gewirkt hatte. Einsam? Sein Vater einsam? Der unmögliche Gedanke setzte sich fest, das Leben seines Vaters gewann dadurch eine neue Farbe hinzu. Einsamkeit ist der unvermeidliche Schatten des Glücks. Es war die Dickköpfigkeit in seinem Blick gewesen, das verlegene Lächeln beim Weggehen. Dieses Gesicht war ihm vertraut, auch in den Krankenhäusern, in denen er ihn besucht hatte, hatte er es gesehen. Er hatte es sehen können, wenn er unerwartet ins Zimmer gekommen war und seinen Vater in seinem Sessel antraf, wie er vor sich hin blickte, die Lampen noch nicht angeschaltet, Dämmerung um sich herum. Einsamkeit, ein verbrauchter Körper, jahrelange Krankheit, die ihn erschöpfte, ohne daß er je davon gesprochen hatte. Webfehler im Stoffwechsel, mehr wollte er darüber nicht sagen. Eine Folge des Hungerwinters, glaubte der Hausarzt. Im Badezimmer ihrer Wohnung stand ein Schrank voller Arzneimittel, vor denen er als Kind schon ehrfürchtige Scheu empfunden hatte. Eines der ersten Wörter, die er lernte, war »Apotheke«. Trotzdem kannte er niemanden, der mehr Talent zum Glücklichsein hatte als sein Vater.

Genau über den Downs war, ohne daß er es bemerkt hatte, der Mond sichtbar geworden. Der Anblick gab der Umgebung einen glaubwürdigen Schein von Sicherheit. Alles war völlig offen, grenzenlose Möglichkeiten taten sich auf.

Es war ein kleiner Lastwagen gewesen, mit dem Muscheln vom Strand transportiert wurden. Zwanzig Jungen standen und lagen auf der Ladepritsche. Übermütig, manche mit einem Glas in der Hand, einen Kasten Bier zwischen sich. Man sang, brüllte, hörte nicht die Brandung, sah nicht den Mond.

Der Strand bei Katwijk war voller Löcher, sie wollten zwei Kilometer fahren und mit einer anderen Gruppe zusammentreffen, die von Noordwijk aus unterwegs war. Es war gegen Mitternacht. Der laue Wind blies kräftig. Aufrecht stand er am Rand der Pritsche und trank nur wenig. Als der Wagen einen plötzlichen Schwenk machte, riß es ihn unversehens über die Ladeklappe. Er hing über dem Hinterrad, Arme nach unten, die Kniekehlen um den hölzernen Rand der Ladeklappe geklemmt. Er hing, der Sand scheuerte an seinen Händen, und im gleichen Augenblick zog er sich auch schon wieder hoch, wie bei der Übung am Reck.

Aber er hatte den Schrei gehört, er wußte, daß jemand vom Wagen geschleudert worden war und irgendwo dort auf dem dunklen Strand liegen mußte. Er sprang ab und rannte. Hinter ihm tönte das Chaos, vor ihm tauchte eine zusammengeduckte Gestalt auf, verdreht, die Knie angezogen. Zerfetzte Kleider hingen an ihm, ein abgerissener Kragen stand schräg vom Nacken ab. Er kniete sich bei dem Jungen hin, hielt ihn fest, als er zweimal mit wütender Überzeugung schrie: »Ich sterbe!«

Im Rettungswagen drückte er nach Anweisung eines Sanitäters auf einer Sauerstoffpumpe herum. Sinnlos, es zeigte sich keinerlei Reaktion. Später vom Wartezimmer aus sah er den Vater des Jungen durch den Krankenhauseingang kommen. Sah, wie der Mann zögerte, stehenblieb, wie ein Arzt auf ihn zuging. Und wie die Betäubung über den Vater kam, die Hand des Arztes auf seiner Schulter. Es war vor allem der Vater, an den er sich immer erinnern sollte.

Nicht lange nach diesem Geschehnis standen sie auf dem Waaldeich bei Brakel. Das Hochwasserbett war überflutet, das Wasser reichte bis an den Deich heran, ihren Deich. Das kleine Fischerhaus, das sein Vater in den fünfziger Jahren gekauft und in dem sie unvergeßliche Sommer verbracht hatten, würde verschwinden. Das erste Opfer der Deichverbreiterung. Ins Haus zurückgekehrt, standen sie am Fenster, die Hände in den Taschen, und blickten über den Fluß. Im dunkelgrauen Wasser trieben Bretter, die gegen den Deich stießen. Möwen wurden vom starken Wind manchmal ein ganzes Stück zurückgeworfen und versuchten vergebens, das verlorene Gelände wieder wettzumachen. Es stürmte, aber kalt war es nicht.

Sein Vater redete, erzählte, wie er an Waal und Maas bei Gorkum aufgewachsen war. Die Familiengeschichten, das große Bürgermeisterhaus, in dem sie wohnten, wie seine Mutter Liszts Liebestraum spielte, wie sein Vater ihr schönstes Service auf einen langen Tisch stellte und mit seinen Söhnen drübersprang. Langsam, aber sicher füllte die Vergangenheit seines Vaters das Zimmer. Nichts deutete darauf hin, daß ihm sehr viel an seinen Erinnerungen lag, er erzählte, was er noch wußte, ohne viel Aufhebens davon zu machen, ohne es zu dramatisieren. Ab und zu versorgte er seinen Vater mit Fragen und Bemerkungen, denn er sprach nicht oft von dem, was hinter ihm lag. Der Börsenkrach hatte in den dreißiger Jahren das Kapital seiner Eltern aufgezehrt, er hatte studiert, er hatte den Krieg näherkommen sehen.

»Wir wohnten zu sechst an einem alten Ringgraben. Auf dem großen Balkon über dem Wasser lasen wir in der Zeitung von der Flucht von Juden aus Deutschland. Mehr als eine unbestimmte Unruhe hat das nicht ausgelöst. In meinem fünften Studienjahr starb mein Vater. Alles, was ich davon noch weiß, ist, wie ich seine Stimme hörte, die laut meinen Namen rief. Der Ruf hallte durch das wartende Haus – mein Name. Ich rannte nach oben, wo Vater im Bett lag. Er sah mich erstaunt an, er war sich nicht bewußt, mich gerufen zu haben. Er war gerade aus einem kurzen Schlaf erwacht. Am Tag darauf war er tot. Ich hab mich immer gefragt, warum er mich damals gerufen hat, es klang so dringlich, so viel Kraft lag in dieser Stimme. Was hat er wohl geträumt, woran dachte er, warum mein Name.«

»Hast du je Angst gehabt zu sterben?« fragte er seinen Vater. Diese Frage hatte er ihm schon manches Mal stellen wollen, seit der Junge verunglückt war. Jetzt, mit dem Wasser überall um sie herum, auf dem Dachboden ihres zum Untergang verurteilten Deichhauses, ging es ganz von selbst.

»Ja, schlimme Angst. Ich erinnere mich an eine Art Panik, wenn ich meine Mutter Klavier spielen hörte. Abends konnte ich nicht einschlafen, ich konnte mich nicht konzentrieren, ging oft einfach so auf die Straße und blieb stundenlang weg. Sie kam immer wieder mal, diese Angst, dagegen half nichts. Aber sie ist verflogen, weg. Der Gedanke ans Sterben ist schon schrecklich, aber die panische Angst ist verschwunden. Das hängt damit zusammen, daß dein Bruder und du gekommen seid. Das hat die losen Fäden, an denen ich hing, straffgezogen. Ihr haltet mich an meinem Platz. Ich bin jetzt verankert zwischen meinen toten Eltern und meinen lebenden Kindern.«

Sein Vater schwieg und blickte zur Seite. In seiner Stimme war kein Pathos gewesen. Was er gesagt hatte, klang logisch und selbstverständlich. In der Ferne sah er einen Bauernhof und dahinter Schloß Loevestein. In einem entlegenen Winkel des Bommelerwaard, in dem kleinen Haus gerade noch außer Reichweite des Wassers, blickten sie in den Sturm hinaus.

»Denken gibt es gar nicht, Denken ist ein Ideal. Unser Leben ist so restlos zersplittert, dagegen kann kein Denken an. Früher hatten Philosophen noch einen gewissen Überblick, aber das ist lange vorbei. Wir sind zerstükkelt, der Horizont ist außer Sicht. Musik ist das letzte Echo von Religion. Wir sind auf dem Weg in vollkommene Finsternis.«

Er hatte den Mann vorher nicht bemerkt. Nach dem Essen stellte Ione ihn vor, er hatte den Namen nicht richtig verstanden, aber etwas in seinem Gesicht zog ihn an. Sie saßen auf einer der Bänke am Tennisplatz, auf einem Tischchen vor ihnen Kaffee, den sie noch nicht angerührt hatten. Lampenlicht fiel in langen

Bahnen aufs Gras, verlor sich im Dunkel des Gartens. Der Unbekannte machte keine Umwege, teils sprach er mit großer Bestimmtheit in Behauptungen, teils in provozierenden Fragen, auf die er keine Antwort erwartete.

»Was vorbei ist, existiert erst wirklich. Wenn man weitergeht und sich umblickt, sieht man Spuren und das Gelände, durch das die Spuren führen. Die Vergangenheit ist das einzige, das Halt bietet. Es geschieht nichts, was nicht schon viel früher in Gang gesetzt worden ist. Authentizität, Originalität, das sind Phrasen, und Identität kann man ruhig auch noch dazusetzen, das bedeutet alles nichts. Alles nur Gerede mit geschlossenen Augen. Wir sind Batterien, die mit dem geladen worden sind, was wir in unseren Genen mitbekommen haben. Was in all den Jahrhunderten vor uns entschieden wurde und verpfuscht und auf ewig verflucht, das schiebt uns vor sich her. Wirklichkeit – die kann man vergessen, und ganz besonders Wahrheit, und Zukunft erst recht. Die Zukunft ist für dich und mich der Tod. Wenn man nach vorn blickt, erreicht man damit nur eins: man entdeckt ein Grab.«

Während der Mann neben ihm sein Bestes tat, um möglichst viele Behauptungen in möglichst wenige Wörter zu zwängen, sah er seinen Vater vor sich, im Cut. Jahrelang ging er im Cut zur Kirche, es war eine Gemeinde der liberalen Richtung, aber mit vornehmen Sitten. Mitglieder des Kirchenvorstands sollten sich vor den anderen auszeichnen, fand man. Ab und zu begleitete er seinen Vater, dann gingen sie zusammen durch die kaum erwachte Stadt. Einmal, an einem Sonntagmorgen, kam sein Vater enttäuscht zurück. Die Predigt hatte vom reichen Jüngling gehandelt. Es ärgerte ihn, daß dieser Reiche, der so sehnlichst wünschte, Jesus nachzufolgen, betrübt wegging, weil er alles verkaufen sollte, was er hatte. Es verstimmte ihn, daß hier jemand betrübt in die Irre laufen mußte, und er kam nicht darüber hinweg, daß Jesus so einen Mann traurig hatte ziehen lassen.

»Religion versucht uns in den Schlaf zu wiegen, die Wissenschaft versucht uns wachzuhalten, und die Kunst ist völlig durchgedreht.«

Der Mann ging aufs Ganze und bemerkte nicht, daß sein Nachbar trotz der Gewalt seiner Offenbarungen vor sich hinträumte. Gestikulierend, fast wütend wartete er jetzt auf eine Reaktion, die nicht kam.

Welches waren seine eigenen hartnäckigsten Erinnerungen? Schnee auf dem Schulhof und das Warten darauf, daß man endlich aus dem Klassenzimmer durfte, einer nach dem anderen. Die mäuschenstille Klasse, ein Universum der Erwartung, der Finger des Lehrers, der immer wieder auf ein Kind zeigte. Schließlich war auch man selbst endlich dieses Kind, das nach draußen durfte, aus dem Klassenzimmer, auf den Flur, Mantel an, die Tür zum Schulhof geöffnet und hinein in die ehrfurchtgebietende Freiheit des Schnees. Wenn ihm die Pistole auf die Brust gesetzt würde, wäre es vielleicht diese Erinnerung, die alle anderen in den Schatten drängte. Ein paar Minuten wird das Warten gedauert haben, eine halbe Stunde werden sie wohl gespielt haben, und als er nach Hause kam, war er wahrscheinlich ganz rot von der Schneeballschlacht. Niemand dürfte gemerkt haben, was da vor sich gegangen war. Das Klassenzimmer im Halbdunkel, vier Uhr nachmittags, noch niemand draußen. Er war höchstens zehn. Nichts existierte bis dahin, kaum Vergangenheit, kaum Zukunft, Aussicht auf zehn mal zehn Meter frisch gefallenen Schnee. Krieg, Krankheit, Tod, Liebe, Literatur, Religion: Es gab sie noch nicht, sie hatten sich noch nicht zu einer Geschichte zusammengefügt, es war noch nichts geschehen. Er träumte noch und glaubte alles, was er sah und nicht sah.

Das war die Erinnerung, die immer wiederkam, ohne Höhepunkt, ohne Tiefe. Das gespannte Warten auf den Augenblick, da er gehen durfte, die Schneeluft, die die hohen Fenster hereinließen, die Ecken der Fensterbänke voller Schnee, die großen kugelförmigen Hängelampen mit ihrem kalten Licht. Hier gab es nichts Doppelbödiges, nicht einmal Rührung. In jeder Hinsicht einfach, nicht komplex, ohne Raum für Nachdenklichkeit. Es hatte ihn durch die Zeit begleitet, unberührt, die vollkommene Empfindung.

Der unbekannte Mann hörte auf zu reden. Der Kaffee war kalt geworden, er wollte wieder ins Haus.

»Ich muß mich entschuldigen, daß ich keine adäquate Gesellschaft für Sie gewesen bin. Mir sind ganz andere Dinge durch den Kopf gegangen.« Sie schlenderten zurück, und Ione fing sie ab und lotste einen Neuankömmling in Richtung des Mannes.

»Wer ist das?« fragte er sie.

»Der Schriftsteller James Winter, ich dachte, du würdest ihn kennen. Er trainiert auch Pferde.« Nein, er kannte ihn nicht. Vielleicht Terpstra, der hatte mit Pferden zu tun. Er mußte ihm übrigens noch einmal sagen, wie sehr er das Rennen auf Goodwood genossen hatte. Das Donnern der Hufe hatte er noch in den Ohren. Rennen gegen die Zeit, Rennen gegen die Erinnerung, auf dem Rücken eines Pferdes. Er ließ die Gesellschaft im Aufenthaltsraum zurück und ging nach oben. Das Licht war aus, und er blieb mitten im Zimmer stehen. Grillen zirpten unten im Garten, ein abschwellender Laut des Entbehrens. Die Hügel lagen wie dunkle Flecken in weiter Entfernung, obwohl ein Wanderer von hier aus nicht mehr als eine halbe Stunde brauchte, um sie zu besteigen. Jemand hatte ihm erzählt, daß die Römer hoch oben auf den South Downs eine Straße angelegt hatten, vor zweitausend Jahren. Mit Pferden und Sklaven über Hunderte von Kilometern, eine Straße aus Felsblöcken, mit der Peitsche durch die Landschaft geschlagen. Immer noch lag sie da, diese Straße. Halb überwuchert, voller Löcher und im Lauf der Jahrhunderte eingesunken. Aber es gab sie noch. Sein Vater war wie ein Römer gestorben, überlegte er. Was war in ihm vorgegangen, an diesem letzten Tag? Er war in sich gekehrt gewesen, still. Ein paarmal war er aus dem Haus gegangen, um spazierenzugehen. Unter seiner gepeinigten Haut hatte das Gefecht begonnen. Er hatte niemandem etwas von seiner Angst gesagt. Er muß es gewußt haben.

Er ging zum Fenster, um es zu schließen. Das Galoppieren hat etwas, das wie ein Zauber wirkt. Auf eine Ziellinie zurennen. Das Ächzen, das Knarren von Leder, die angelegten Ohren.

Er hatte die Namen seiner Söhne genannt, leise.

Der Tumult kurz vor dem Ende, die brüllenden Tribünen.

Bis es abbrach.

Im Garten hörte er nur die Grillen.